# ENTRE LAMES ET SANG

## GLACE ROUGE SANG
### TOME 1

## WILLOW FOX

SLOWBURN
PUBLISHING

Entre lames et sang

Glace rouge sang, Tome 1

Par Willow Fox

Publié par Slow Burn Publishing

© 2025

v2

Publié à l'origine sous le titre : Between Blades and Blood

Traduction par Fanny C.

Couverture par Slow Burn Publishing

Cover Design by GetCovers

# UN

HARPER

La neige recouvre la ville, rendant les routes dangereuses et pourtant, d'une façon ou d'une autre, nous avons toujours des cours à suivre. Peu importe qu'il fasse moins vingt dehors avec un vent fort, ou que mes doigts soient gelés à l'intérieur de mes gants.

Des bus sur le campus nous transportent des dortoirs à certains bâtiments. Mais essayer de monter dans l'un de ces bus par ce temps glacial ? Bonne chance.

Sécher les cours n'est pas une option. J'ai fait cette erreur pendant mon premier semestre. Je ne vais pas recommencer et risquer ma bourse d'études.

J'ai besoin d'une tasse de café bien chaud, mais c'est dans la direction opposée de la salle de classe. Je marche péniblement dans la neige, mes bottes doublées de fourrure gardant mes pieds au chaud. Mes jambes, cependant, sont rapidement en train de s'engourdir.

Qu'est-ce que je fais à marcher vers les cours dans cette tempête de neige ? Est-ce que notre professeur va au moins se présenter ?

Dépitée, je grommelle à voix basse :

— Je déteste l'hiver...

— Pardon ?

Une voix masculine me rattrape alors que j'attends pour traverser la rue. Les routes sont glissantes ; le chasse-neige n'est pas encore passé par cette section. Ils essaient probablement de maintenir l'autoroute praticable.

Je lève les yeux vers lui. Ses yeux sombres brillent dans la luminosité de la neige qui nous entoure.

— Il fait froid, dis-je, énonçant l'évidence.

Je saute pratiquement d'un pied sur l'autre, rebondissant pour me tenir chaud. Je suis sûre de l'avoir déjà vu sur le campus, mais je ne le reconnais pas de mes cours.

Le campus de l'Université Evergreen n'est pas petit, avec plus de vingt mille étudiants inscrits, mais on a tendance à reconnaître les visages quand on emprunte le même trajet tous les jours pour aller en cours.

— C'est l'hiver, dit-il avec un rire chaleureux.

Le son est profond et réconfortant, et il m'offre un sourire amical. Le feu passe au vert et je me dépêche de traverser l'intersection, mes pieds glissent et dérapent, et je perds presque l'équilibre.

Le bel inconnu attrape mon bras pour me stabiliser.

— Attention, dit-il en me maintenant debout.

Mon cœur bat fort dans ma poitrine.

— Merci.

Il n'a pas encore lâché sa prise alors que nous traversons la rue.

— Tu peux me lâcher, ça va, dis-je.

Je sens la chaleur de son regard, et si mes joues n'étaient pas déjà rouges à cause du froid, je rougirais certainement.

— Si tu insistes, dit-il en relâchant sa prise.

La chaleur qu'il dégageait disparaît aussi vite qu'elle est venue, et je me sens encore plus frileuse qu'avant.

Je peux sentir son regard tandis que nous marchons, ses yeux sur moi puis devant lui. De temps en temps, son bras frôle le mien à travers nos épais manteaux. C'est par accident. J'en suis sûre.

— Tu veux aller prendre un café ? demande-t-il.

Peut-être que ce n'est pas par accident.

— Je ne peux pas. Je dois aller en cours.

Pense-t-il honnêtement que je serais dehors dans ce froid si je n'étais pas obligée ? Le vent est brutal et fait picoter mes joues. Même avec le bonnet sur ma tête, qui couvre mes oreilles, je suis toujours glacée.

— Je voulais dire après. Je suis Ashton, se présente-t-il. Et toi, tu es ?

— En retard pour mon cours, dis-je, en lui jetant un coup d'œil.

Ses yeux sombres me réchauffent, mais je n'ai pas le temps pour ça, pour lui, pour tout ça.

— C'était sympa de te rencontrer, Ashton, dis-je alors que nous approchons du bâtiment.

— Je n'ai pas entendu ton nom, répond Ashton, son regard plein d'espoir s'attardant sur moi un peu plus longtemps que nécessaire.

Ma main gantée saisit la poignée de la porte.

— C'est parce que je ne te l'ai pas donné.

Je souris malicieusement. J'ouvre la porte d'un coup sec et je suis accueillie par une bouffée de chaleur qui me gifle le visage.

Je me dépêche dans le couloir, enlevant mon bonnet et mes gants, que je fourre dans la poche de ma veste avant de déboutonner cette monstruosité. J'entre dans la salle de classe et je choisis une place au milieu de l'amphithéâtre.

— Salut, McKenna, dit Luca en venant s'asseoir à côté de moi.

— Ricci, dis-je, l'appelant aussi par son nom de famille.

Il est séduisant, et il le sait. Être une star du hockey pour l'université ne semble pas nuire à sa vie amoureuse non plus. Il a *tombeur* écrit partout sur son visage suffisant.

Pourquoi il veut s'asseoir à côté de moi dépasse l'entendement. Il y a plein de places libres dans l'amphithéâtre. Je sors mon ordinateur portable de mon sac à dos et l'allume.

— Bon week-end ? demande-t-il, et je jurerais qu'il me demande ça uniquement pour pouvoir me raconter son week-end à lui.

— Ouais, c'était super.

Je n'élabore pas. Ma colocataire, Quinn, et moi ne nous entendons pas vraiment, et elle aime inviter des garçons, ce qui signifie que je suis pratiquement expulsée de la chambre quand ils font la danse sans pantalon.

Ce qui semble être chaque week-end et chaque fois qu'elle a l'occasion de s'envoyer en l'air avec un mec.

L'obligation pour les étudiants de première année de vivre sur le campus dans les dortoirs avec un étudiant de deuxième année est la pire idée imaginable. Qui a pensé que c'était une bonne idée ? Probablement un idiot qui n'a pas vécu sur le campus depuis plusieurs décennies.

— Tu devrais venir à l'une de nos fêtes, dit Luca.

Est-ce qu'il m'invite vraiment à une fête ?

Pourquoi ?

Quel est son motif, parce que je sais qu'il ne s'intéresse pas le moins du monde à moi ? En fait, la raison pour laquelle il s'assied juste à côté de moi est pour copier mes notes pendant le cours. Et je suis presque sûre que c'est la seule raison.

Je prends vraiment de bonnes notes.

— Je vais y réfléchir, dis-je.

Je souris poliment et je suis soulagée quand notre professeur entre dans l'amphithéâtre et que le cours commence.

Luca semble être un type correct, mais ses priorités sont le hockey, les filles et la fête. Je ne suis pas certaine de l'ordre exact ; il pourrait mettre les filles ou la fête en premier, mais c'est un joueur de hockey décent, d'après ce que j'ai entendu sur le campus. Je n'ai jamais assisté à l'un de leurs matchs, et je n'ai pas non plus l'intention de m'y montrer.

Dès que le cours est terminé, je me remets en tenue avec mon bonnet, mes gants et ma veste surdimensionnée.

— Prête à affronter les éléments ? me demande Luca.

Il porte un manteau en laine noir qui n'a pas l'air particulièrement chaud.

— C'est plutôt à toi que je devrais poser cette question, dis-je en lui jetant un regard.

Il m'offre un sourire narquois, ajuste un bonnet sur sa tête pour se tenir chaud, et glisse ses mains dans ses poches.

— Je suis une chouette des neiges, dit-il. Le froid ne me dérange pas.

Je renifle discrètement, puis je marmonne, pas du tout convaincue :

— Mais bien sûr.

Il reste juste à côté de moi et marche avec moi à l'extérieur et à travers le campus jusqu'à notre prochain cours. Je n'ai pas à traverser de rues boueuses au moins, donc peu de chance de glisser et de tomber, comme tout à l'heure.

Le chemin a été dégagé et il y a du sel qui fait enfin fondre une partie du sentier. Son souffle est visible alors qu'il marche à côté de moi, mais il ne frissonne même pas.

Je presse le pas, voulant échapper au temps glacial.

— Passe une bonne journée, dit-il alors que je me dirige vers le bâtiment.

Je crie par-dessus mon épaule en attrapant la poignée de la porte :

— Toi aussi.

Il n'a pas cours dans le bâtiment Fitzroy mais il m'accompagne toujours jusqu'à mon prochain cours. J'ai toujours supposé que c'était parce qu'il était dans le bâtiment Cooper, qui est le suivant juste après Fitzroy. Je jette un coup d'œil en arrière à travers les vitres et je le vois faire demi-tour et repartir dans la direction d'où nous venons.

Est-ce qu'il a oublié quelque chose ?

———

— Dis-moi si c'est bizarre, dis-je à Kensley.

Nous sommes toutes les deux en première année et nous avons deux cours en commun. Nous prenons notre déjeuner à la sandwicherie du campus et trouvons une table avant que ce soit trop bondé.

— Raconte, dit Kensley, intriguée.

— Luca Ricci m'accompagne en cours depuis deux semaines.

— Quoi ?

Les yeux de Kensley s'écarquillent.

— Le centre avant de l'Université Evergreen. C'est un peu bizarre.

Je lui lance un regard.

— Ce n'est pas ça qui est bizarre.

Elle sourit d'un air narquois.

— Continue.

— Je pensais qu'il avait cours dans le bâtiment Cooper puisqu'il m'accompagne jusqu'à Fitzroy, mais ce matin, je l'ai vu faire demi-tour et repartir dans la direction opposée.

— Tu pourrais simplement lui demander où est son prochain cours, dit Kensley, comme si c'était une évidence.

— Ou ?

J'espère qu'elle a une autre suggestion, quelque chose d'un peu moins direct. Je ne veux pas que Luca Ricci pense que je commence à avoir le béguin pour lui, parce que ce n'est pas le cas.

— Suis-le une fois qu'il t'a déposée en cours, suggère Kensley.

— Je ne vais pas le traquer.

— Ok. Ou on pourrait opter pour l'option numéro trois.

— Qui est ?

— Salut, McKenna.

Luca arrive par derrière.

Kensley l'avait évidemment vu venir.

Elle aurait dû me prévenir.

— Ricci, dis-je en le fixant.

Ma bouche devient sèche, toute pensée rationnelle quitte mon cerveau.

— Je suis Kensley, dit mon amie.

— Luca, dit-il, avec un sourire en coin et un hochement de tête. J'allais justement prendre mon déjeuner. Ça vous dérange si je me joins à vous ?

— Pas du tout, répond Kensley avant que j'aie l'occasion de dire non.

Il se dirige vers le comptoir et prend sa nourriture pendant que je bouillonne contre Kensley.

— C'était quoi ça ?

Elle se dépêche de manger la dernière bouchée de son déjeuner et couvre sa bouche avec sa main quand elle parle.

— J'aide juste une amie.

Je la fusille du regard alors qu'elle se lève en avalant la dernière bouchée de son sandwich.

— Tu ne pars pas.

— Profite bien de ton déjeuner en tête-à-tête.

Elle sourit et me fait un clin d'œil.

J'ai envie de la tuer. Luca est mignon, il a des yeux de rêve et un corps magnifique, mais il n'y a aucune chance que je sois son genre.

Zéro chance.

Il pourrait avoir n'importe quelle fille sur ce campus, ce qui soulève la question : que me veut-il ? Il y a évidemment quelque chose. Je n'ai juste pas encore compris quoi.

Luca s'approche de notre table juste au moment où Kensley ramasse ses affaires.

— Je dois y aller, mais mon amie n'a pas cours avant quelques heures, dit-elle.

Maintenant, je ne peux même pas inventer une excuse pour m'esquiver. Je lui aurais fait un doigt d'honneur, mais Luca me regarde. Et comment lui expliquerais-je ça ?

Son regard intense ne vacille jamais tandis qu'il m'étudie. Ça fait battre mon cœur plus vite et rougir mes joues.

*Je ne vais pas développer de sentiments pour lui.*

— Vous devriez vraiment venir toutes les deux à la fête chez nous ce soir, dit Luca.

C'est pour ça qu'il me suit partout aujourd'hui ? Il a bien mentionné une fête qu'il organisait, et ce n'est pas la première invitation, mais j'aimerais que ce soit la dernière. Je ne vais pas aux fêtes, du moins pas celles avec des fûts de bière et des athlètes, un mélange qui mène très probablement à de mauvaises décisions.

Je ne peux pas me permettre plus de mauvaises décisions.

— Nous serons là. Donne les détails à Harper. À plus tard, dit Kensley.

La dernière chose que je veux faire ce soir, c'est

participer à une fête sur le campus avec l'équipe de hockey. Mais ma meilleure amie vient de dire à Luca Ricci que nous y serions.

Je la fusille du regard, mais la fille est soit inconsciente, soit elle s'en moque. Je l'aime à mort, mais cette mort semble se rapprocher dangereusement en ce moment.

Je ne dis même pas au revoir à Kensley. Je suis en colère contre elle, mais je ne pense pas que Luca s'en aperçoive. Il est trop occupé à scruter mon âme. Du moins, c'est l'impression que j'ai quand il m'observe, son regard dégage presque quelque chose d'intime.

Il prend le siège qu'elle vient d'abandonner et s'installe en face de moi.

— C'était sympa de te rencontrer, dit-il, mais il ne jette même pas un regard dans sa direction. À ce soir.

Son sourire chaleureux pourrait facilement être perçu comme flirteur, mais il ne la regarde pas dans les yeux. J'ai envie de détourner le regard. J'aspire à me détacher de cette chaleur qui monte entre nous. Mon estomac se retourne, et je jure que les papillons tremblent dans mon ventre et descendent plus bas.

Putain.

*Je ne vais pas développer de sentiments pour Luca Ricci.*

Je risque un coup d'œil vers ma meilleure amie, ayant besoin d'une pause face à son regard. Kensley sourit et me fait signe avant de filer hors de la sandwicherie.

— Amie ou colocataire ? demande-t-il.

Il baisse enfin les yeux vers son repas, juste pour une fraction de seconde, et j'ai l'impression de pouvoir respirer à nouveau.

— Amie, dis-je. Ma colocataire et moi ne nous entendons pas vraiment.

Il déballe son sandwich tout en continuant à m'accorder toute son attention.

— Laisse-moi deviner, tu es en première année et on t'a mise avec une étudiante de deuxième année qui ne veut rien avoir à faire avec toi.

— C'est si évident que ça ?

Luca sourit, et ces yeux sont de nouveau sur moi, faisant faire des saltos à mon estomac.

— C'est la malédiction des première année. Ça arrive à tous les nouveaux qui n'ont jamais mis les pieds à Evergreen. J'y suis passé et, crois-moi, ça craint.

— Un conseil amical ?

Je le regarde avec l'espoir qu'il puisse réellement m'aider avec la situation de Quinn. Je ne sais pas pourquoi je demande, peut-être parce que c'est quelque chose que nous avons en commun, à part le cours d'économie pour débutants.

Il rit et secoue la tête. Ses cheveux épais couvrent ses yeux pendant une fraction de seconde avant qu'il ne les écarte d'un mouvement.

— Si elle est comme mon coloc de l'époque, évite-la simplement, dit Luca.

Ce n'est pas étonnant que toutes les filles craquent pour lui ; il a ce charme juvénile, cette assurance et ce charisme. Sans parler de son corps. On ne devient pas athlète en restant assis sur le canapé à manger des chips toute la nuit.

*Pourquoi a-t-il cet effet sur moi ?*

C'est juste un mec. Certes, il est agréable à regarder, et ce sourire me réchauffe jusqu'au plus profond de moi, mais il est certainement source de problèmes.

Je sais que c'est du désir, mais comment puis-je désirer quelqu'un que je connais à peine ? Je ne l'apprécie même pas particulièrement, mais la façon dont mon corps réagit... ce traître.

Ça doit être les hormones et le fait que ça fait un moment que je n'ai pas partagé le lit d'un homme.

— Tu es en quelle année ?

Je ne sais pas pourquoi je lui pose la question, mais j'avais supposé qu'il était aussi en première année, probablement parce que nous sommes tous les deux dans le même cours d'économie pour débutants, une matière obligatoire pour obtenir son diplôme et, mon Dieu, que c'est pénible.

— Deuxième année, répond-il.

— Laisse-moi deviner, c'est toi qui tortures un première année cette année.

Il semble être le genre à rendre la vie impossible à quelqu'un. Il se vante probablement auprès de l'équipe de la façon dont son colocataire de première année est pathétique cette année.

Luca rit et secoue la tête.

— Non, je vis sur le campus avec quelques-uns de mes coéquipiers.

Mes yeux s'écarquillent, surprise qu'il ne vive pas dans les dortoirs. Quel veinard.

— Tu joues au hockey, dis-je, énonçant l'évidence.

Je suis presque sûre que tout le monde à l'Université Evergreen sait qui est Luca Ricci et qu'il joue au hockey. C'est l'un de leurs meilleurs joueurs. C'est de notoriété publique sur le campus et en ville.

Son sourire ne fait que s'élargir.

— Tu es déjà venue à nos matchs ?

Je secoue la tête.

— Tout le monde sait qui tu es. Tu es comme la royauté du hockey ici. Tu attires toutes les filles, tu as probablement des bonnes notes aussi. J'ai raison ?

— Je travaille pour mes notes, dit Luca, son regard ancré dans le mien, mais je m'en sors pas mal.

Je ne suis pas sûre de savoir si le fait de « s'en sortir pas mal » concerne les filles ou ses notes. Est-ce que ça importe ? Je ne devrais pas m'en soucier. Je m'en fiche. Du moins, c'est ce que je me dis.

— Tiens, donne-moi ton téléphone.

— Pardon ?

Je ris devant son audace.

— Je vais m'envoyer un message, et tu auras mon numéro. La prochaine fois que cette étudiante de deuxième année te cherche des problèmes, fais-le-moi savoir.

— Je n'ai pas besoin que tu mènes mes batailles, dis-je.

Sauf que peut-être que l'avoir dans mon camp ne serait pas si mal. Il a beaucoup d'influence sur le campus, et ma colocataire est folle des mecs. Pas que je voudrais les mettre ensemble. Mon estomac se serre à l'image de leurs corps emmêlés dans les draps.

Je n'ai plus faim.

— Donne-moi ton téléphone, Harper, dit Luca, sa main tendue, paume vers le haut, attendant que je capitule.

Il n'utilise jamais mon prénom. Je suis même surprise qu'il le connaisse.

Avec un soupir résigné, je prends mon téléphone portable de la poche de ma veste, le déverrouille, et le lui tends.

Son pouce effleure mon poignet, la plus légère caresse sur ma peau nue.

— Gentille fille, dit-il, ses yeux sur moi avant de baisser le regard et de s'envoyer un message depuis mon téléphone.

Ses mots envoient un bourdonnement chaud vibrant à travers mon corps. Je ne peux pas expliquer les sensations pulsantes que sa voix suscite avec ces deux simples mots et le doux soupir qui s'échappe de mes lèvres, involontairement.

Qu'est-ce que c'était que ça, et pourquoi est-ce que j'ai soudain envie de l'entendre le redire ?

# DEUX

LUCA

J'essaie de me faire remarquer par Harper depuis quelque temps.

Ce n'est pas un hasard si je marche avec elle après le cours que nous avons en commun, surtout que je n'ai pas d'autres cours jusqu'en fin d'après-midi et que je fais généralement un détour pour déjeuner ou que je rentre chez moi.

Elle ne s'en est pas rendu compte, heureusement, et ça me donne quelques minutes de plus avec elle. Comme nous évoluons dans des cercles sociaux différents, je ne la croise jamais en dehors du cours d'économie.

Je ne vais pas jusqu'à la traquer, mais si j'avais son emploi du temps, je la croiserais définitivement plus souvent.

Ashton prend une bière dans le frigo.

— Tu en veux une ? demande-t-il, devant la porte grande ouverte.

Les invités affluent dans la maison. Ce soir, il y a plus que quelques personnes qui à notre fête.

Ashton Rinaldi est le roi des soirées. Il aime que tout le monde se sente bienvenu, ce qui signifie inviter tout le monde qu'il connaît et même ceux qu'il connaît moins bien. Je devrais être énervé, mais il finit toujours par inviter plus de filles que de mecs, donc ce n'est généralement pas une mauvaise soirée. Il y a toujours quelqu'un de disponible pour un coup d'un soir.

— J'ai rencontré la fille parfaite ce matin, dit Ashton en décapsulant sa bière. Blonde, des yeux sombres et mystérieux, un corps de rêve.

Je rétorque :

— Ça décrit quoi, quinze pour cent de la population étudiante ?

Ashton lève les yeux au ciel.

— Je n'ai pas eu son nom, mais je te jure que je vais l'épouser.

Ashton Rinaldi ne semble pas être du genre à se marier. Probablement parce qu'il laisse toutes les groupies du hockey jouer avec sa crosse, pas toutes en même temps. Même s'il n'est pas opposé à ça non plus, avec quelques-unes des filles. J'ai entendu les bruits qui sortent de sa chambre ; ce n'est clairement pas toujours une situation en tête-à-tête.

— Tu as perdu la tête, dis-je avec un sourire narquois en prenant une gorgée de ma bière.

— Ouais, probablement, mais elle en vaudrait la peine.

Ashton est clairement bourré et peut-être un peu délirant quand il s'agit des filles. Mais comment pourrait-il en être autrement quand il ne se fait jamais repousser à chaque fois qu'il jette son dévolu sur quelqu'un ?

— Et tu n'as pas pris son numéro ?

— Elle ne voulait même pas me dire son nom, grommelle Ashton. Mais elle est clairement à Evergreen, donc je vais la recroiser.

Il est confiant dans sa capacité à convaincre n'importe quelle fille de grimper dans son lit, ce qui n'est pas difficile, puisque la plupart des filles n'attendent que ça.

— On dirait un sacré crush.

Je rigole face à son mécontentement. Je ne l'ai jamais entendu parler d'une fille comme ça, mais je suis sûr qu'une fois qu'il l'aura mise dans son lit, l'attrait s'estompera. C'est Ashton. C'est le genre de mec qui, une fois que tu sors le jouet de la boîte, perd tout intérêt. Il n'a jamais couché deux fois avec la même fille.

Il renifle.

— Ce n'est pas un crush.

— Bien sûr.

Je secoue la tête, incrédule. Je pourrais le charrier pendant des heures, mais je préfère aller parler aux demoiselles présentes.

Je prends une autre bière et traverse la maison, espérant voir si Harper est venue. Je doute que ce soit son style, mais avec un peu de chance, son amie l'aura traînée ici ce soir et je pourrai passer du temps avec elle en dehors des cours.

Mais soyons réalistes, je ne me fais pas trop d'illusions.

Cette fille ne joue pas dans la même cour que moi. Elle est intelligente, sophistiquée, et je connais son genre ; elle ne sort pas avec des sportifs. Le fait que je sois un joueur de hockey joue contre moi. Ce qui fait que je l'apprécie encore plus, probablement parce que je n'ai absolument aucune chance de finir avec elle.

Mon estomac se noue dès que j'aperçois une fille aux cheveux noirs plaquée contre le mur, en train d'embrasser l'un de nos coéquipiers.

— Oh putain, non !

Je me précipite à travers la pièce, j'attrape Chase Lancaster par le bras et l'arrache de Nova. Cette fille est pratiquement une sœur pour moi. Elle n'a aussi que dix-sept ans et n'a rien à faire à notre soirée.

— C'est quoi ton problème, mec ? grogne Chase, et je le repousse, le faisant reculer de plusieurs pas dans une foule de personnes.

— Elle est mineure !

Je fulmine et il lève les bras en l'air.

— Je ne savais pas.

Il me regarde puis revient à Nova.

— Sérieux ?

Ses yeux parcourent son corps, cherchant confirmation.

Elle force un sourire, et je jure qu'elle se rebelle de plus en plus maintenant que je ne vis plus à la maison. Habillée d'une courte jupe en cuir noir et d'un haut très court, son nombril percé est bien visible. Il n'y a aucune chance que sa mère et son père soient au courant de ce piercing.

— Viens avec moi.

Ce n'est pas une question mais un ordre. J'attrape Nova et la traîne à l'étage, la poussant dans ma chambre. J'ouvre mon placard d'un coup sec et prends un sweat sur un cintre, que je lui lance.

— Mets ça.

— Tu n'as pas à me donner des ordres comme Papa, réplique Nova en fronçant les sourcils, mais elle attrape mon sweat entre ses mains.

Elle ne fait aucun geste avec le vêtement, soutenant mon regard.

Est-ce qu'elle me défie ? Je grogne :

— Est-ce que je dois te l'enfiler moi-même ?

Nova a deux ans de moins que moi. Nous avons grandi dans la même maison. Son père travaille pour le mien, le chef de la mafia italienne.

Et comme un frère, mon boulot est de la protéger.

— Ne fais pas ton connard, Luca.

Ses yeux se plissent.

— J'étais en train de m'amuser en bas.

— Avec Chase ?

Je m'étouffe sur mes mots et je tousse pour essayer de dégager ma gorge.

— Il veut juste coucher, et tu es mineure.

— J'ai dix-sept ans. Il n'a qu'un an de plus, et j'aurai bientôt dix-huit ans.

Je refuse de voir son point de vue.

— Non. Tu ne devrais même pas être ici ce soir.

— Et pourquoi pas ? demande Nova.

Elle finit par enfiler le sweat et passe ses bras dans les manches, ce qui au moins gagne mon approbation, mais je ne vais pas la laisser rester ici.

— À part le fait que tu es mineure et que c'est une fête universitaire ?

Nova hausse les épaules et croise les bras sur sa poitrine.

— Je serai à l'université l'année prochaine. Peut-être même plus tôt. Je termine le lycée avec un semestre d'avance.

J'aimerais être fier d'elle, mais je suis trop en colère de la voir débarquer ici et embrasser mon coéquipier.

— Et l'année prochaine, tu pourras assister à toutes les fêtes que tu veux. Je ne t'en empêcherai pas.

Elle ricane.

— Ouais, c'est ça.

Un sourire se forme au coin de ses lèvres.

— Tu seras aussi autoritaire que ton père. C'est dans ton sang.

— Je ne suis pas mon père.

Ma mâchoire se contracte et je serre les dents,

bouillonnant de rage. Mon sang se glace rien qu'en pensant à cet homme, Dante Ricci. C'est un meurtrier. Un méchant. L'homme qui paie des gens pour tuer à sa place, afin de ne pas se salir les mains. Il utilise des gens comme le père de Nova pour ces boulots.

Elle joue avec l'ourlet du sweat-shirt et jette un coup d'œil vers la porte.

— Aucun de nous ne veut devenir comme nos parents. S'il te plaît, j'ai juste besoin d'une soirée loin de tout.

Sa voix suppliante suffit à me faire céder, parce que je sais trop bien ce qu'elle traverse.

— Tu ne rentres pas en voiture.

Je connais cette fille, elle va se faufiler pour boire de l'alcool, et à moins que je joue les baby-sitters toute la nuit, elle va finir complètement bourrée.

— Tu dors ici.

Ses yeux s'illuminent, et j'imagine qu'elle fait une petite danse dans sa tête alors qu'elle obtient exactement ce qu'elle voulait. Ma mâchoire est tendue, et je m'éclaircis la gorge.

— Tu peux dormir dans ma chambre. Je prendrai le canapé.

— Tu es le meilleur ! s'écrie Nova, ravie de mon offre.

— La prochaine fois, appelle avant de débarquer.

Je ne suis pas ravi qu'elle soit là, mais je n'ai pas non plus envie de socialiser davantage avec les filles en bas. En plus, je ne vais pas laisser Nova seule ce soir, et je n'ai pas exactement de lit pour un plan d'un soir, ce qui me met dans une situation délicate.

— Je te le promets, dit Nova avec un sourire en entrelaçant son petit doigt avec le mien.

Je saisis son bras, caché derrière son dos, ses doigts croisés.

— Tu es vraiment une peste.

En levant les yeux au ciel, j'ouvre la porte de ma chambre et lui fais signe de redescendre.

Alors que je me dirige vers les escaliers, mon regard se pose sur Harper qui discute avec Ashton. Elle lève les yeux vers moi et se mord la lèvre inférieure avant de s'excuser et de se diriger vers la porte d'entrée.

Je jure à voix basse et passe devant Nova.

— Qu'est-ce qui vient de se passer ?

Je grogne ma question à Ashton en lui attrapant le bras.

— J'ai invité Harper ce soir. Tu étais en train de la draguer ?

Le front d'Ashton se plisse.

— De quoi tu parles ? C'est la fille dont je t'ai parlé tout à l'heure. Sexy, pas vrai ?

Ce n'est pas possible.

Le crush d'Ashton ne peut pas être Harper McKenna.

Absolument pas.

Avec un soupir, je secoue la tête et me lance à la poursuite de Harper. Elle est déjà dehors, et l'air est glacial sans manteau ni manches longues, mais je m'en fiche. Je gèlerais pour elle.

— Harper, tu vas où ?

Elle rit tout bas, s'entoure de ses bras et continue d'avancer. Les lampadaires illuminent la rue tandis qu'elle s'éloigne rapidement de la maison.

— Loin de toi, dit-elle un peu trop fort.

Peut-être qu'elle veut que je l'entende ?

— Qu'est-ce que j'ai fait de mal ?

Elle est clairement en colère. Est-ce que c'est parce qu'Ashton la draguait, ou est-ce qu'il y a autre chose ?

Harper s'arrête de marcher et se retourne pour me faire face. Cela me donne quelques secondes pour la rattraper et réduire la distance entre nous.

— Tu as vraiment besoin de poser la question ?

Elle peut à peine soutenir mon regard, ses yeux sont partout sauf sur moi. Et je pourrais me tromper, mais ils semblent presque briller, comme si elle retenait ses larmes.

Je tends la main et mes doigts guident son menton vers le haut, puis je plonge dans son regard sombre qui me captive et m'attire. Mon souffle se bloque dans ma gorge.

— Tu es en colère.

— Tu as deviné tout ça parce que je quitte la soirée ? Tu dois vraiment être un génie, fulmine-t-elle.

Je me mords la langue. Elle a du caractère. Je regarde ses lèvres puis remonte vers ses yeux sombres.

— Explique-moi, dis-je.

Son regard se durcit et elle inspire profondément.

— Je ne devrais pas avoir à le faire. Nous sommes juste amis. Même pas vraiment.

Elle s'échappe de mon étreinte, et l'air est encore plus froid qu'avant.

— Si nous ne sommes même pas amis, pourquoi tu t'enfuis ?

Il est évident qu'elle est contrariée. Je ne suis simplement pas sûr de ce que j'ai fait de mal, et d'après son expression, j'ai vraiment fait quelque chose.

Sa langue sort et effleure sa lèvre supérieure. Je ne peux pas m'en empêcher ; je me penche pour prendre un avant-goût, désireux de faire taire sa colère.

Je m'attends à ce qu'elle s'éloigne, qu'elle me gifle, qu'elle crie, hurle. J'attends sa réaction, mais ce n'est pas ce à quoi je m'attendais.

Ses lèvres fondent contre les miennes, et elle se penche plus près, ses doigts tremblant contre mon torse tandis que j'enroule mes bras autour de sa taille pour la serrer plus fort. Le baiser est d'abord simple mais passionné, et quand elle ne recule pas, je glisse ma langue sur sa lèvre inférieure.

Sa bouche s'entrouvre, m'accordant l'entrée alors que j'approfondis le baiser, et j'entends le parfait petit gémissement qui s'échappe du fond de sa gorge et provoque une réponse primale au plus profond de moi.

*Putain, elle est sexy quand elle fait ce bruit.*

Je veux l'entendre gémir mon nom, à bout de

souffle tandis que j'enfonce profondément ma queue en elle.

Harper recule, essoufflée.

Ses joues sont rosées et ses lèvres gonflées. Elle est magnifique, et l'air froid m'entoure à nouveau. J'avais oublié que je gelais pendant que je l'embrassais.

— On ne peut pas, dit Harper en retirant ses mains de mon torse. Je ne suis pas *ce genre* de fille.

Mon regard se durcit.

— Qu'est-ce que ça veut dire ?

Je n'ai jamais été aussi confus de ma vie.

— Je sais ce que tu étais en train de faire, Luca. Je ne suis pas idiote. Tu ne coucheras pas avec deux filles le même soir. En tout cas, pas avec moi.

Harper se tourne et se remet à marcher, descendant la rue et me laissant planté là, abasourdi.

*Coucher avec deux filles ? Bordel, avec qui croit-elle que j'aie baisé ?*

Et puis mon esprit revient à Nova, vêtue de mon sweat-shirt alors que nous descendions les escaliers ensemble. Est-ce qu'elle pense que j'ai couché avec *elle* ?

# TROIS

HARPER

J'ai embrassé Luca Ricci ; mais qu'est-ce qui m'a pris ?

Ok, je ne réfléchissais pas. Je me suis laissée emporter par le moment, et maintenant je le regrette.

Pas le baiser.

Je ne regrette absolument pas d'avoir embrassé Luca.

Ce que je regrette, c'est qu'il venait juste de coucher avec une autre fille – elle avait clairement l'air d'une étudiante de première année – et qu'ensuite, il m'a couru après.

Qui fait ça ?

Le célibataire le plus convoité, qui joue au hockey pour l'Université Evergreen. Sans compter qu'il est agréable à regarder. Je suis presque sûre qu'il a un fan club qui le poursuit lors des matchs de hockey, hurlant son nom et l'acclamant.

Elle fait probablement partie de ce stupide club.

Du moins, c'est ce que j'imagine qu'il se passe après les matchs.

Je n'ai jamais assisté à aucun match de hockey d'Evergreen, et je ne prévois pas d'y aller à l'avenir non plus.

Je ne suis pas fan de sport. Je préfère rester dans ma chambre à lire un livre jusqu'aux premières heures du matin.

Après ce qui s'est passé ce soir, je n'irai jamais à un match de hockey, jamais.

Et puis il y a Ashton Rinaldi, que j'ai croisé en allant en cours et encore à la soirée. Il n'arrêtait pas de me parler alors que je voulais trouver Luca.

Je déteste les fêtes. Je suis venue ce soir uniquement parce que Kensley a insisté pour que je vienne.

Et puis il y avait une petite part de moi qui voulait venir pour Luca.

Ce qui est stupide. Pourquoi ai-je pensé que l'invitation signifiait quelque chose ?

Il invite probablement toutes les filles auxquelles il parle, et je suis sûre que la liste est longue puisque c'est un sportif.

Me pointer et être arrêtée dans l'entrée pour parler à Ashton n'était pas mal, ce n'était simplement pas ce que je voulais. Je ne suis pas venue ce soir pour faire la fête.

C'est stupide, je sais. Je suis venue à une fête, mais pas pour faire la fête. Ne me demandez pas pourquoi. Je n'ai pas dit que mes décisions étaient logiques.

Je suis venue voir Luca.

La fête était chez lui, et j'étais un peu plus que curieuse de voir où il habite. Non pas que je m'attendais à une visite guidée ou quoi que ce soit, mais j'espérais passer quelques minutes avec lui.

Depuis qu'il s'est pointé au déjeuner, je n'arrive pas à me le sortir de la tête.

Stupides hormones.

Je suis probablement en train de surinterpréter sa gentillesse. J'ai tendance à faire ça, à penser qu'un mec qui se montre abordable m'apprécie vraiment.

Je dois juste me rappeler qu'il est sympa avec toutes les filles de l'école. Je n'ai rien de spécial.

De toute façon, je ne cherche même pas une relation en ce moment.

Mes études sont prioritaires, c'est pour ça que je suis ici ; je suis boursière et je dois maintenir mes notes. Je ne peux pas tout foutre en l'air.

Ashton a capté mon attention et m'a empêché de m'éloigner en continuant à me parler, à faire des blagues ; clairement, il est intéressé.

Il est assez gentil, mais je ne sors pas avec des sportifs, et je suis à peu près sûre qu'il serait plus intéressé par un coup d'un soir que par quoi que ce soit à long terme.

Pas que ça compte, parce que je n'ai pas ces sentiments envers lui, ceux qui me donnent des papillons dans le ventre ou me donnent le sentiment de flotter dans les airs.

C'est ce que je commence à ressentir avec Luca.

Je ne suis pas sûre de quand c'est arrivé. Quelque part entre notre repas ensemble et le moment où je l'ai vu descendre les escaliers avec une autre fille, mon estomac s'est noué et tout ce que j'ai ressenti, c'était de la dévastation, de la douleur, de la colère, alors j'ai fui.

Je ne m'attendais pas à ce qu'il me coure après ou qu'il me fasse taire en m'embrassant.

Allongée sur mon matelas, je fixe le plafond de ma chambre en réfléchissant à tout ce que j'aurais pu faire différemment, et je saisis mon téléphone en jurant à voix basse.

*Kensley.*

Je l'ai laissée à la fête sans même lui dire au revoir. Je lui envoie un message rapide pour lui faire savoir que je suis retournée au dortoir.

Dix secondes plus tard, mon téléphone sonne.

— Tu m'as plantée ? demande Kensley, et j'entends les battements de la musique à travers le téléphone.

Elle est toujours à la fête, mais c'est plus étouffé qu'on pourrait s'y attendre, comme si elle s'était enfermée dans un placard ou une chambre pour me parler.

— Longue histoire, dis-je avec un soupir, ne voulant pas élaborer.

— Tu devrais revenir. Luca a l'air assez déprimé, et je parie que tu pourrais lui remonter le moral.

Je ricane à sa suggestion.

— Il y a plein d'autres filles pour ça, comme celle avec laquelle il a couché plus tôt.

Le silence s'installe, bien que ce soit plutôt comme une musique assourdissante qui résonne à travers le téléphone.

— Je vais venir, dit Kensley.

— Ne viens pas.

J'hésite mais je sais qu'il vaut mieux qu'elle reste et s'amuse.

— Il est tard. Profite de la fête. Je vais juste dormir un peu.

— Je suis désolée.

— Quoi ?

Pourquoi s'excuse-t-elle ? Elle n'est absolument pas responsable de ce qui s'est passé ce soir.

— Ce n'est rien.

Il y a du bruit en arrière-plan, et puis j'entends sa voix, celle qui envoie des frissons directement dans mon estomac.

— On peut parler ? me demande Luca, sa voix douce, chaleureuse, invitante.

Je rétorque rapidement :

— Il n'y a rien à dire. Je raccroche.

— Attends !

Luca parvient à capter mon attention, et je fais une pause, laissant le silence nous envelopper.

— Tu es toujours là ? demande-t-il quand je n'ai pas prononcé un mot pendant plusieurs longues secondes.

— Malheureusement, je n'ai pas encore raccroché.

— Tu peux me laisser t'expliquer ? La fille que tu as vue avec moi plus tôt—

— Tu ne me dois aucune explication. Tu es libre de flirter avec qui tu veux, dis-je.

Ce n'est pas parce qu'il m'a invitée à la soirée que c'était un rencard. Il était simplement amical en me suggérant de venir à l'événement.

— C'est pratiquement ma sœur. On a grandi dans la même maison. Il ne s'est rien passé entre nous là-haut. Je lui ai donné un sweat parce que je n'aimais pas ce qu'elle portait.

— Wow, dis-je. Tu juges beaucoup, non ?

— Elle a dix-sept ans ! Je n'ai pas besoin que les mecs bavent sur elle. C'est comme ma petite sœur.

Je me redresse dans mon lit et je ramène mes jambes contre ma poitrine.

— Dix-sept ans ? Qu'est-ce qu'elle faisait à la soirée ?

— Longue histoire, dit Luca, et cette fois, j'ai vraiment l'impression qu'il évite de tout me dire.

La jalousie qui coulait dans mes veines semble se dissiper. Il ne me doit pas d'explications.

— Ok, on se voit en cours. Salut, Luca.

Je termine l'appel et jette mon téléphone sur le matelas. Je ne suis pas du tout fatiguée, mais continuer cette conversation téléphonique semblait être une mauvaise idée.

Nous sommes juste amis. Même pas vraiment, et nous nous sommes embrassés. Ce n'est pas grave. Ce n'est pas comme si je n'avais jamais embrassé d'autres garçons avant. Mais avec Luca, c'est différent.

———

Je sors et descends les escaliers de la résidence, puis je sens son regard sur moi. Luca.

Je passe devant lui, ne voulant rien présumer. Il pourrait être là pour attendre n'importe qui.

— Je voulais t'accompagner en cours, dit Luca.

— Tu es venu jusqu'ici pour m'accompagner en cours ?

— Comment tu sais que je n'étais pas déjà à la résidence ?

Je me mords la langue. Je ne sais pas ce qu'il faisait ni avec qui il le faisait.

— C'était le cas ?

Je hausse un sourcil interrogateur en me dirigeant vers le trottoir. Je ne suis même pas sûre de vouloir entendre sa réponse.

Il me suit.

— Non, dit-il en riant.

Il a presque l'air nerveux en m'avouant la vérité.

Je lui jette un coup d'œil pendant que nous marchons avant de reporter mon attention sur le trottoir devant moi. Il fait frais dehors, mais au moins la neige a pratiquement fondu ce lundi.

— Tu as fait quelque chose d'amusant ce week-end ? À part assister à la soirée ? demande-t-il, son attention totalement fixée sur moi.

Son regard est écrasant et mon souffle se bloque dans ma gorge.

— Oui, j'ai eu un rencard hier soir.

C'est un mensonge. J'ai passé l'après-midi à traîner avec Kensley, puis nous avons regardé des films jusqu'à ce que j'aille me coucher.

Sa mâchoire tressaute et il se force à sourire.

— Quelqu'un de la soirée ?

Il y a un évident malaise dans sa question, comme s'il était curieux mais pas certain de pouvoir supporter la réponse.

— Je ne parle pas de qui j'embrasse, dis-je avec un sourire narquois.

Nous nous tenons au coin de la rue, attendant que le feu change.

Il s'agite et enfonce ses mains dans les poches de son manteau.

— Dis-moi que ce n'est pas Ashton.

Je m'éclaircis la gorge et me tourne pour lui faire face.

— Pardon ?

— Écoute, je sais que je ne peux pas te dire qui tu peux fréquenter ou pas, mais Ashton—

— Tu as raison. Tu ne peux pas, dis-je en traversant rapidement la rue.

J'entre dans le bâtiment, mais au lieu d'aller dans la salle de classe, je me glisse dans les toilettes et je prends quelques minutes pour me calmer. D'ailleurs, si Luca arrive en cours en premier, il sera obligé de s'asseoir, et je pourrai m'installer ailleurs, loin de lui. Sinon, il s'assiéra à côté de moi, comme toujours.

C'est du moins mon plan, mais quand je sors des toilettes, il est debout près de la porte, appuyé contre le mur, et il n'est pas encore entré dans l'amphithéâtre.

— Tu me suis ?

Un sourire rusé traverse son visage.

— Est-ce que je ferais ça ?

Je ne connais peut-être pas très bien Luca, mais il est évident pour moi qu'il est dangereux. Sa jalousie concernant Ashton est un signal d'alarme majeur, et je devrais rester loin de lui.

Mais il se détache du mur et se dirige droit vers moi. Il ne craint rien, et surtout pas le rejet.

Moi ?

J'ai peur de lui. Pas dans le sens agressif, qu'il pourrait me faire du mal. Non, j'ai peur de tomber amoureuse de lui, et qu'il me brise le cœur. Ce n'est pas comme si ce n'était jamais arrivé auparavant. J'ai été amoureuse une fois, et ramasser les morceaux de mon cœur brisé a été l'une des leçons les plus difficiles que j'ai dû affronter dans mon passé.

— Ouais, tu sembles définitivement du genre à suivre les filles, dis-je pour le taquiner, avant de le dépasser pour entrer dans la salle.

Il attrape mon bras et me fait pivoter pour que je lui fasse face. Nos corps se frôlent alors qu'il s'est rapproché et envahit mon espace personnel.

Mon souffle se bloque dans ma gorge et j'ai l'impression d'avoir les lèvres sèches tandis que je plonge dans son regard brûlant et que les papillons reviennent tous d'un coup.

— Je ne suis pas un harceleur, dit-il en secouant la tête, son regard inébranlable. Je sais simplement ce que je veux. Qui je veux.

Mon souffle s'arrête comme si l'air était aspiré de mes poumons. Il est fascinant à regarder, le léger sourire qui joue au coin de ses lèvres, la fossette sur sa joue droite alors qu'il m'étudie.

— On doit aller en cours, dis-je doucement, et il hoche brièvement la tête avant de me libérer de son emprise.

Un léger gémissement s'échappe du fond de ma gorge, un son dont je ne suis même pas sûre de l'origine, et j'espère vraiment qu'il ne l'a pas entendu.

Mais si.

Il hausse un sourcil, et je voudrais juste disparaître dans le néant. Impossible d'ignorer l'émotion qu'il suscite en moi, et il me sourit comme le Chat du Cheshire.

Depuis quand ai-je commencé à craquer pour Luca Ricci ?

## QUATRE

LUCA

Ce son doux et délicieux que Harper produit me remplit de mille fantasmes, qui impliquent tous qu'elle soit nue et gémisse mon nom.

Je la suis dans le cours d'économie, qui est le cours le plus ennuyeux de ce semestre, mais d'une manière ou d'une autre, j'y prends beaucoup plus de plaisir que je ne le devrais. La vue de ses fesses quand elle marche devant moi n'y est pas pour rien. Si seulement il faisait plus chaud dehors, et qu'elle n'avait pas cette épaisse veste qui couvre ses atouts.

Je m'empare du siège à côté d'elle alors qu'elle tente ostensiblement de m'ignorer. Elle sort son ordinateur portable de son sac, son attention fixée droit devant comme si je n'existais pas.

Mais je suis certain qu'elle ressent ma présence autant que je désire la sienne.

Et j'ai bien l'intention de réparer le désastre de la soirée à laquelle elle a assisté, car je connais les filles comme Harper, et elle ne voudra plus jamais assister à une autre fête.

Cette fille est comme un livre ouvert, et même si j'aime un peu de mystère, cela m'aide à pouvoir la lire, probablement mieux qu'elle ne le peut elle-même. Le fait qu'elle essaie de m'éviter, mais que la teinte de ses joues et son regard continuent de me dire qu'elle lutte intérieurement contre ses sentiments, se refusant le plaisir qui vient avec le fait de m'apprécier.

Oui, je suis certain qu'elle a des sentiments pour moi.

Presque toutes les filles d'Evergreen ont un faible pour moi. Ça semble égocentrique, mais c'est vrai. Ça fait partie des avantages d'être un athlète vedette de l'université. J'ai des tonnes de filles qui me courent après, des groupies du hockey, comme on les appelle.

Mais ce sont les filles qui ne me courent pas après que je trouve attirantes, des filles comme Harper McKenna.

Peut-être que j'aime un peu la chasse, le fait d'essayer de la conquérir, et Harper n'est pas une fille dont l'affection est facile à gagner. Elle est distante, et même si je connais son genre, il y a encore tellement de choses que j'ignore à son sujet.

Je fais à peine attention parce que j'ai étudié l'économie au lycée et c'était un jeu d'enfant. Ce cours n'est pas très différent pour moi, et puisque nos devoirs sont toujours en ligne, je ne m'inquiète pas vraiment d'écouter le professeur.

Je concentre mon attention sur Harper.

Elle tape frénétiquement sur son clavier, essayant de tout noter d'un coup, mais j'ai l'impression qu'elle ne saisit pas les points les plus importants et tente simplement de tout retenir.

Je pourrais l'aider avec ça, *étudier*.

Nous avons un examen la semaine prochaine, ce qui ne m'inquiète pas trop, mais c'est l'excuse parfaite pour passer du temps ensemble.

— On devrait se retrouver pour réviser pour l'examen, dis-je.

— Pourquoi, pour que tu puisses emprunter mes notes ? Prends les tiennes, Ricci.

Je me tapote la tête.

— J'ai tout là-dedans.

Elle me lance un regard noir, peu convaincue.

Ce n'est pas vraiment une surprise, puisque je lui ai demandé de m'envoyer ses notes pendant les premières semaines de cours. J'essayais de trouver une raison de lui parler dès le début, et elle n'a pas cessé de me repousser.

Le cours est terminé, et Harper ferme son ordinateur portable et le fourre dans son sac. Elle ne me répond pas.

J'ai vu sa note sur le dernier devoir. Ce n'était pas génial. Elle pourrait utiliser mon aide, et elle le sait.

Harper laisse échapper un léger soupir.

— Juste pour réviser, dit-elle en me jetant un coup d'œil. J'ai besoin de réussir mon prochain examen pour remonter ma moyenne générale.

— Je te promets que si tu étudies avec moi, je ferai en sorte que tu obtiennes une bonne note.

Ce n'est pas une promesse que je devrais faire, mais l'économie est un jeu d'enfant, et je suis sûr que je peux l'aider pour son prochain examen.

Son regard se durcit avant qu'elle ne cède.

— Où est-ce qu'on se retrouve, à la bibliothèque ? demande Harper.

— Viens chez moi. Mes colocataires seront absents. On pourra étudier dans le salon.

Elle me regarde comme si je venais de suggérer qu'on aille se baigner nus dans un lac gelé.

— Je promets, pas de bêtises, juste des révisions.

— Ok, cède-t-elle en me suivant hors de la salle de classe. Tu es dispo en fin d'après-midi aujourd'hui ou demain ?

— N'importe quand après quinze heures aujourd'hui.

Nous convenons de seize heures, ce qui me semble parfait car cela la fera rester chez moi jusqu'en début de soirée, et je pourrai suggérer qu'on dîne ensemble après.

M'assurant qu'elle n'ait pas d'excuse pour ne pas venir, je lui demande :

— Tu te souviens de mon adresse ?

— Je suis venue il y a quelques jours, dit Harper. À plus tard.

Elle se dirige vers la porte, et je la suis pour l'accompagner jusqu'à son prochain cours. Je ne vais pas la laisser se débarrasser de moi aussi facilement. En plus, avec des mecs comme Ashton sur le campus, je ne veux pas avoir à me battre pour son attention.

— Je vais marcher avec toi, dis-je en l'accompagnant à l'extérieur.

Elle serre les lèvres et sourit.

— Tu n'es pas obligé. Je sais que tu n'as pas de cours dans cette direction.

— Qu'est-ce qui te rend si sûre de ça ?

Il n'y a aucun moyen qu'elle sache que je l'accompagne à son cours avant de faire demi-tour pour rentrer chez moi. J'ai été prudent, attendant qu'elle soit à l'intérieur et hors de vue avant de me retourner. La dernière chose au monde que je veux, c'est qu'elle pense que je suis désespéré et que j'essaie trop.

— Je t'ai vu l'autre jour, revenir par là, dit-elle en pointant la direction opposée.

— Oh, c'est parce que j'avais oublié mon téléphone dans la salle de classe.

Le mensonge sort plus vite que je ne l'aurais voulu. Il coule naturellement, une sorte de mécanisme de protection.

Elle plisse les yeux et hoche la tête.

— Ok.

Est-ce qu'elle me croit ? Je devrais être plus prudent.

— Ça ne me dérange pas que tu m'accompagnes jusqu'à mon cours, dit Harper, et son nez se plisse. C'est même plutôt mignon.

— Tu ne peux pas le dire à tes amis. J'ai une réputation à préserver, dis-je en la poussant légèrement tandis que nous marchons côte à côte.

— Une réputation, hein ?

Elle se mord la lèvre inférieure, et ma queue tressaille dans mon pantalon. Il y a quelque chose de diablement sexy à propos de sa bouche, la façon dont sa langue pointe après qu'elle a mordu sa lèvre inférieure, et j'imagine ses lèvres chaudes sur ma verge.

Putain.

Je gémis intérieurement.

Heureusement, elle n'en sait rien.

———

Je ne me suis jamais senti aussi nerveux de ma vie, et toute cette énergie accumulée pour un rendez-vous d'étude. C'est parce que c'est avec Harper. Et la partie étude n'est qu'une formalité.

Si je lui avais proposé de venir pour qu'on couche ensemble, il n'y avait aucune chance qu'elle dise oui. Même si je lui avais proposé de regarder un film, je suis presque sûr qu'elle aurait trouvé une excuse.

J'ai nettoyé ma chambre deux fois. J'ai rangé la maison, au cas où elle voudrait voir ma chambre à l'étage. J'espère qu'Ashton va rentrer tôt et que Harper suggérera d'étudier dans un endroit plus calme. Et que cet endroit ne soit pas sur le campus, comme la bibliothèque.

C'est comme si j'étais de nouveau un adolescent, mon cœur bat la chamade et mon estomac est noué, quand j'entends un léger coup à la porte d'entrée.

Je me précipite vers la porte. En ce moment, personne d'autre n'est là. Ashton est en cours, et Liam est rarement à la maison. Il a une sœur jumelle, Sophia, qui va et vient comme si elle vivait avec nous. Elle n'étudie pas à Evergreen, mais elle assiste à nos fêtes et traîne après nos matchs de hockey.

Elle est hors limites, puisque c'est la sœur de Liam, et tous les gars de l'équipe savent qu'il ne faut pas sortir avec elle. Il a clairement fait comprendre que quiconque la touchait subirait sa colère.

Et Liam a un sacré caractère. Personne ne pense à draguer Sophia, et ce n'est pas parce qu'elle n'est pas magnifique. Nos coéquipiers ont peur de Liam et qu'il puisse leur couper la bite s'ils draguent sa sœur.

Liam ne sait pas que j'ai couché avec Sophia. Nous avons tous les deux convenu que c'était une situation unique et que cela ne se reproduirait plus jamais. Elle a peur que si Liam l'apprend, elle ne puisse plus traîner et faire la fête chez nous.

Je crains plutôt que Liam ne me tue dans mon sommeil. Il vaut mieux qu'il ne l'apprenne jamais.

Sophia a autant à perdre si son frère l'apprend, donc nous avons tous les deux une raison de garder le secret.

— Salut, Harper, dis-je avec un sourire enthousiaste en ouvrant la porte.

— Salut.

Elle se dépêche d'entrer, frissonnant. Alors qu'elle retire ses chaussures et enlève son manteau, j'essaie de ne pas laisser mon regard errer sur son corps, mais c'est impossible.

Elle porte un pull bordeaux profond qui descend jusqu'à ses genoux et un legging noir qui épouse ses cuisses. Son pull accentue chaque courbe délectable de son corps.

C'est difficile de ne pas la fixer.

Harper presse ses lèvres ensemble, et ses yeux brillent de gaieté.

— Tu es prêt à commencer ?

Je la conduis dans notre salon d'étude et prends place sur le canapé, lui laissant de la place pour me rejoindre. Il y a une table située devant nous, et j'ai déjà empilé mes livres ainsi que quelques notes que j'ai imprimées de notre portail en ligne pour le cours.

— Je n'aurais pas accepté d'étudier avec toi, mais j'ai vu ton résultat à notre dernier examen, dit Harper, et ses joues rougissent. Tu as un A dans ce cours, n'est-ce pas ?

Je ris doucement.

— Tu as remarqué ça ?

— Qu'est-ce que tu tires du fait d'étudier avec moi ? demande-t-elle en s'asseyant à côté de moi sur le canapé.

Elle dézippe son sac à dos et sort son manuel et son ordinateur portable.

— À part apprécier ta compagnie ?

Ça attire son attention et elle me regarde en haussant un sourcil.

— Tu ne m'as pas demandé d'étudier pour flirter avec moi tout le temps, n'est-ce pas ?

— Peut-être ?

Je ris et réalise que si je mens, je ne ferai que m'enfoncer davantage. Je ne veux pas risquer qu'elle se lève et parte.

— J'ai vu comment tu t'en es sortie au dernier examen et j'ai pensé que tu voudrais peut-être un peu d'aide. Et l'avantage pour moi, c'est que j'aime bien passer du temps avec toi.

Son regard se durcit alors qu'elle me fixe.

— Je ne suis pas venue ici pour coucher ou quoi que ce soit.

Je souris.

— Je ne pensais pas que j'allais avoir cette chance.

Un mec peut fantasmer, mais ça ne restera que ça, du moins pour l'instant. Je dois lui laisser le temps de réaliser à quel point elle me veut et a besoin de moi.

— Laisse-moi juste faire ça pour toi, Harper.

Elle émet un léger soupir et hoche la tête.

— Ok, oui, bien sûr.

Nous ouvrons nos manuels, et je passe en revue ses notes avec elle et lui explique les équations et les concepts avec lesquels elle a des difficultés depuis quelques semaines. Après une bonne heure de révisions, elle se recule et fixe le plafond.

— Ton cerveau est frit ?

Je la taquine, sentant que c'est peut-être un peu trop en une seule fois. Je n'avais pas prévu de faire une séance intensive avec elle, mais c'est à peu près ce qui se passe.

— Non, c'est juste que... tu es un bien meilleur professeur que celui que nous avons.

Je la pousse gentiment.

— Je ne suis pas sûr que ça veuille dire grand-chose. Ce n'est pas comme si je faisais attention en cours. Enfin, pas au prof.

Harper sourit.

— Je savais que tu me matais !

Elle me lance un regard faussement accusateur, et ses joues sont rouge vif.

Est-elle gênée ou excitée ? J'ai fréquenté des filles comme Harper. Se précipiter et être trop direct ne fait que les éloigner plus vite.

— Moi, faire ça ?

Je rigole, feignant l'ignorance quand elle me donne une petite tape sur le bras.

— Oui, je pense que tu le ferais.

Je hausse les épaules avec un sourire.

— Peut-être.

C'est tout ce que je lui donne. Pas parce que je ne veux pas être direct et crier au monde entier qu'elle me plaît, mais parce que ce genre d'intensité la ferait fuir.

Et elle occupe toutes mes pensées, tout le temps.

Je ne sais même pas quand c'est arrivé, quand le désir et la convoitise se sont transformés en envie et besoin. Mais je ferais n'importe quoi pour rendre Harper McKenna heureuse, et si cela commence par l'aider à remonter sa note en économie, qu'il en soit ainsi.

Nous passons encore une heure à revoir ce qui sera à l'examen avant que j'entende son estomac grogner. J'ai faim, moi aussi, mais je ne veux pas risquer que la soirée se termine dès que je suggère de dîner.

— Je devrais probablement y aller, pour manger, dit Harper en se penchant en arrière pour s'étirer.

Tout chez elle est à la fois adorable et sexy. Ses cheveux en désordre, ses joues rosées. Les doux souffles qui s'échappent de ses magnifiques lèvres gonflées qui ne demandent qu'à être embrassées.

Il me faut toute ma volonté pour ne pas me pencher et passer mes doigts dans ses cheveux et lui voler un baiser.

— Je vais commander à manger, dis-je, espérant que l'invitation n'est pas trop directe pour elle. On peut continuer à étudier en attendant que ça arrive.

— Ok, mais c'est moi qui invite, puisque tu m'aides plus que je ne t'aide, dit Harper.

Il n'y a aucune chance que je la laisse payer le dîner.

— Qu'est-ce que tu as envie de manger ?

— Et *toi*, qu'est-ce que tu as envie de manger ? réplique-t-elle.

Harper passe ses doigts dans ses longues mèches, et bon sang, c'est sexy. J'adore ce look de cheveux en bataille sur elle.

— J'ai demandé en premier, dis-je en réprimant un grognement et l'envie de la faire mienne, de lui dire que c'est elle que j'ai envie de dévorer.

Si je laissais parler ma bouche, elle s'enfuirait d'ici et ne m'adresserait plus jamais la parole.

— Allons-y pour une pizza, c'est une valeur sûre, suggère-t-elle.

Nous nous mettons d'accord sur les garnitures et où passer la commande. Elle me tend sa carte de crédit, mais je refuse de la prendre pendant que je suis au téléphone, le dos tourné. Je sors ma carte de mon portefeuille et énonce les chiffres, finalisant la commande avant de raccrocher.

— Quarante-cinq minutes.

— Tu as dit que je pouvais payer, souffle-t-elle.

Un sourire narquois se dessine sur mes lèvres.

— Tu pourras payer pour notre prochain rendez-vous.

— Oh non, ce n'est pas un rendez-vous.

Les yeux de Harper s'écarquillent et elle fait un geste entre nous, secouant la tête avec véhémence.

— Et qui a parlé de recommencer ?

— Allez, on n'en est qu'à la moitié du semestre. Avoue-le, tu auras besoin de mon aide pour l'examen final.

Elle jure à voix basse. Harper doit savoir que j'ai raison, mais elle ne semble pas être du genre à admettre facilement la défaite.

— D'accord, mais la prochaine fois qu'on commande à emporter, c'est moi qui appelle.

Ses yeux sont enflammés, et j'aime la facilité avec laquelle elle réagit.

— Bien sûr, bien sûr.

Je me penche en arrière sur le canapé en riant.

Harper serre les lèvres, son regard tendu alors qu'elle me fixe.

— Je devrais juste te donner de l'argent pour la pizza.

Elle tend la main vers son sac à dos sur le sol.

Je saisis son poignet pour l'arrêter.

— Je ne vais pas prendre ton argent.

— Et pourquoi pas ? demande-t-elle.

Elle incline la tête et me fixe avec des yeux grands comme ceux d'une biche.

Son regard est vivifiant. Tout comme sa ténacité. Je relâche ma prise sur son poignet, et je jure l'entendre gémir.

Putain, cette fille sait comment m'atteindre.

# CINQ

HARPER

Luca est bien plus charmant que je ne l'avais d'abord imaginé. Je ne devrais pas être surprise puisqu'il peut avoir toutes les filles qu'il désire. Il a certainement eu beaucoup d'occasions de s'entraîner à flirter pour les attirer dans son lit.

C'est l'un des avantages d'être un athlète. Je ne suis pas aveugle. Il y a des tonnes de filles qui le dévorent des yeux en classe ou qui le bousculent « accidentellement » pour attirer son attention.

Et il tombe toujours dans le panneau et se penche pour aider la fille à ramasser ses livres tombés par terre.

On pourrait croire que la moitié des étudiantes de première année à Evergreen sont maladroites, vu le nombre de fois où il se heurte à une fille chaque semaine.

Ou peut-être que Luca est maladroit.

Pas la moindre chance qu'il soit celui qui les bouscule. Il a de la finesse sur la glace comme ailleurs.

Je suis plutôt douée pour l'ignorer. Au début, honnêtement, ça m'était égal, mais plus je passe de temps avec Luca, plus j'ai envie de chasser les autres filles avant même qu'elles n'aient le temps d'établir un contact visuel avec lui.

Est-ce que je sens des braises de jalousie picoter et brûler ma peau ? Peut-être un peu.

Nous avons passé les dernières soirées à étudier ensemble. La plupart du temps, c'est Luca qui m'enseigne tout ce que je n'ai pas compris en classe, ce qui me semble être beaucoup.

Le premier soir, nous avions l'endroit pour nous tous seuls. Ce soir, Ashton est dans le salon en train de regarder la télé, et la fille qui était à l'étage avec Luca pendant la fête squatte le canapé.

— On est vraiment obligés de regarder un autre documentaire ennuyeux ? demande-t-elle, bien que ce soit plus un gémissement plaintif.

— Nova, c'est toi qui as décidé de traîner avec nous. Et j'aime bien regarder ce genre de trucs, répond Ashton.

Luca rit et secoue la tête tout en me souriant. Nous sommes installés à la table de la cuisine, lui assis à côté de moi, en train d'étudier. Il se penche vers moi et son souffle caresse ma joue.

— Ashton ne supporte pas les documentaires. Il

torture simplement Nova parce qu'elle est venue sans invitation.

Je ne comprends pas vraiment la relation entre eux tous. Je demande :

— Nova est sa petite amie ?

C'est impossible d'ignorer leur présence dans la pièce d'à côté, la configuration ouverte n'offrant pas beaucoup d'intimité.

— Certainement pas. Elle a dix-sept ans. Je le tuerais s'il posait un doigt sur elle.

Je pince les lèvres, je veux poser la question mais je ne suis pas sûre que ce soit une bonne idée.

— Pourquoi est-ce qu'elle traîne sur le campus ?

— Sa situation familiale est compliquée, répond Luca, sans plus de détails.

J'ai toujours été proche de ma famille, mais j'avais des amis en grandissant qui préféraient mes parents aux leurs. Je comprends l'explication, mais ça ressemble aussi à une excuse.

Mon esprit est à des kilomètres du livre ouvert devant moi sur la table. Je suggère en hochant la tête vers le salon :

— Tu veux faire une pause ?

— Et regarder cette daube ? demande Luca en haussant un sourcil. Je préfère encore étudier, dit-il en me regardant droit dans les yeux.

C'est ce que nous faisons, étudier, depuis environ deux heures. Je m'abstiens de regarder ma montre. Je ne veux pas que Luca pense que je suis prête à partir, car c'est la dernière chose qui me vient à l'esprit.

Il reste silencieux un moment, puis recule sa chaise et se lève.

— Je comprends. Tu as besoin d'une pause mentale.

Il se dirige vers le frigo.

Je l'observe depuis l'autre côté de la cuisine. Il est envoûtant et il m'est difficile de détourner le regard.

— Tu me fixes, dit Luca, avant de me jeter un coup d'œil par-dessus son épaule.

Comment diable a-t-il su ça avant de se retourner ? Est-ce qu'il a deviné que je le regardais parce que c'est ce que font toutes les autres filles quand il les invite à étudier ?

— Tu fais ça souvent ? Inviter des filles pour étudier ?

Je regrette immédiatement ma question. Je ne suis pas sûre de vouloir connaître la réponse.

Il prend deux bouteilles d'eau dans le frigo et le paquet de chips posé sur le comptoir, et il ramène les en-cas pour que nous puissions les déguster.

— C'est drôle, dit Luca, en m'offrant une bouteille d'eau.

Il laisse tomber le sac ouvert de chips sur la table entre nous.

Je ne peux m'empêcher de le regarder d'un air curieux.

— Quoi ?

— Que tu penses que j'ai le temps de donner des cours particuliers à d'autres filles.

Il sourit chaleureusement et se laisse tomber à côté de moi.

— On peut commander à dîner, mais ça prendra probablement un moment avant d'être livré. J'ai pensé que tu voudrais peut-être grignoter quelque chose en attendant.

— J'ai déjà des plans pour ce soir, mais merci.

Je prends une chips dans le paquet et regarde Luca. C'est difficile de l'imaginer sans une longue file de filles qui attendent son aide pour *étudier*.

— Un rendez-vous galant ?

Il y a une pointe de jalousie dans son ton.

La vérité, c'est que je n'ai absolument rien de prévu, mais je ne veux pas que Luca pense que je n'ai pas de vie sociale.

Je souris avec timidité et jette un coup d'œil à ma montre.

— Je devrais commencer à ranger mes affaires et partir.

J'organise ce que je peux et fourre le reste dans mon sac à dos

— Laisse-moi te raccompagner chez toi.

— Ce n'est qu'à quelques pâtés de maisons, je peux marcher.

— Il fait déjà nuit. Tu ne marches pas seule, dit Luca avec insistance.

Je ne discute pas, principalement parce qu'il fait

froid dehors, et même s'il n'y a pas de neige fraîche sur le trottoir, il y a beaucoup de glace de la semaine précédente.

— Merci.

En se levant, Luca attrape mon sac à dos avant que je ne puisse le jeter par-dessus mon épaule. Il le tient fermement. La chaise grince sur le sol de la cuisine, annonçant notre départ.

— Tu pars déjà ? demande Ashton depuis le canapé.

Il met le documentaire en pause, et un soupir évident s'échappe de Nova, assise à côté de lui.

— S'il te plaît, ne pars pas.

Les yeux de Nova me supplient de rester tandis qu'elle se tortille sur le canapé et joint ses mains.

— Je t'en supplie, si je reste seule avec ces deux monstres, il n'y a aucune chance qu'on regarde quelque chose d'agréable ce soir.

— Un peu mélodramatique, non ? rétorque Luca en inclinant légèrement la tête vers Nova, comme s'il l'avertissait de bien se conduire.

— Seulement parce que tu monopolises la télécommande ! s'exclame-t-elle en attrapant l'oreiller qui a été laissé là pour qu'elle puisse dormir sur le canapé, avant de le lancer sur Luca.

L'oreiller atterrit avec un bruit sourd sur le plancher de bois.

— Je ne me souviens pas de la dernière fois que

quelqu'un a nettoyé ce sol, dit Ashton avec un sourire narquois adressé à Luca.

— C'est parce que tu ne te donnes jamais la peine de nettoyer quoi que ce soit, réplique Luca.

Le visage de Nova se plisse de dégoût.

— Beurk ! s'écrie-t-elle en sautant du canapé pour ramasser l'oreiller, une expression insatisfaite sur son visage alors qu'elle tente d'épousseter la taie d'oreiller.

Grommelant à voix basse, elle lève les yeux vers moi, à la recherche de quelqu'un pour lui venir en aide.

Il y a entre eux une énergie de chamaillerie fraternelle que je suis surprise de ne pas avoir remarqué plus tôt.

Je lui demande :

— Nova, tu veux aller dîner pendant que ces deux garçons nettoient leur maison ?

Luca lève sa main droite de quelques centimètres, désignant le sac à dos qu'il tient.

— Je croyais que tu avais un rencard ce soir, dit-il.

Il jette un bref coup d'œil à Ashton, et il y a entre eux un regard que je n'arrive pas tout à fait à déchiffrer.

— J'ai dit que j'avais des plans. C'est toi qui en as déduit que c'était un *rencard*.

Luca reporte toute son attention sur moi.

— Avec ton amie, Kensley ?

Je pourrais faire des plans avec Kensley, et je pourrais peut-être la retrouver à la résidence, mais ce n'était pas ce que j'avais prévu. Je laisse échapper un léger soupir, puis je m'humecte les lèvres parce que, soudain, j'ai l'impression d'avoir été prise en plein mensonge.

— Ok, d'accord. Je n'ai rien de prévu pour ce soir. Content ?

Mon ton est plus cassant que je ne le voudrais. Luca n'a rien fait de mal, c'est juste mes défenses qui se dressent, essayant d'empêcher mon cœur de se faire piétiner une fois de plus.

Ses épaules semblent se détendre à mon aveu. Est-il heureux que je n'aie pas de projets ? Il attrape mon manteau et m'aide à l'enfiler, comme un parfait gentleman, avant de me tirer plus près en attrapant les revers.

— Tu dois boutonner cette monstruosité. Il fait un froid glacial dehors, et on ne voudrait pas que tu attrapes froid.

Son souffle me chatouille la joue. Ses mains fermes et fortes, qui me gardent près de lui, envoient des picotements dans tout mon corps. Ma respiration se bloque dans ma gorge et mes yeux s'embruent légèrement tandis que je le regarde, perplexe.

Ses doigts boutonnent adroitement ma veste quand je ne bouge pas assez vite pour le faire moi-même.

Je ris, surprise par ses actions.

— Qu'est-ce qui te fait rire ? demande Luca alors qu'il s'occupe des boutons depuis le bas de mon manteau.

Il en est déjà au quatrième.

— Personne ne m'a jamais boutonné mon manteau auparavant.

— Jamais ? demande-t-il. Même pas quand tu étais petite ?

J'écarte doucement ses mains pour attacher moi-même les boutons restants de ma veste.

— Peut-être quand j'étais enfant. Je ne me souviens pas vraiment que quelqu'un l'ait fait pour moi. Ça fait longtemps.

— Je parie que ce n'est pas la seule chose qui fait longtemps, marmonne-t-il d'un ton joueur.

Je ris, choquée par ce que j'entends.

— Pardon ?

Ma bouche reste ouverte alors que je le regarde, perplexe. Je ferme le dernier bouton près du haut de mon manteau, je plonge mes mains dans mes poches pour chercher mes gants de cuir, et je frappe son bras avec l'un d'eux avant de remettre les gants dans la poche de mon manteau.

— Qu'est-ce que tu insinues exactement, Ricci ? dis-je, utilisant son nom de famille.

Je le regarde d'un air faussement menaçant. Je ne suis pas en colère, juste choquée par son commentaire.

— Que ça fait probablement aussi un certain temps que personne n'a lacé tes bottes, dit-il avec un sourire narquois. À quoi est-ce que tu pensais, McKenna ? me taquine-t-il, utilisant mon propre nom de famille, mais d'une manière beaucoup plus séductrice.

J'enfile mes bottes, me penche et remonte la fermeture éclair sur le côté, ce qui fait que je n'ai pas besoin de lacer mes lourdes bottes d'hiver. Ça fait gagner du temps, et en ce moment, je suis tellement reconnaissante de ne pas avoir à me débattre avec les lacets.

Luca enfile d'abord ses chaussures, puis prend son manteau d'hiver. Je jure qu'il a dit ça juste pour me déstabiliser. Est-ce que tout est un jeu pour lui ?

— On y va maintenant. Allons-y, dit Luca.

Il prend son bonnet de la poche de sa veste, l'enfile sur sa tête et jette un regard par-dessus son épaule à son colocataire.

— Nettoie cet endroit pendant qu'on est partis.

Ashton fait un doigt d'honneur à Luca, qui lui fait un signe de la main et salue son coéquipier en se dirigeant vers la porte d'entrée.

Nova lance l'oreiller sur Ashton et se précipite autour du canapé, puis attrape sa veste et enfile ses chaussures.

— Attendez-moi !

Luca se penche et son souffle chatouille mon oreille tandis qu'il chuchote :

— Tu devais vraiment inviter ma sœur pour notre premier rendez-vous ?

Mon cœur palpite, et j'inspire nerveusement. Il me faut toute mon énergie pour ne pas réagir à ses mots *premier rendez-vous*. Si je fais semblant de ne pas l'avoir entendu, peut-être que ça rendra la chose mille fois moins gênante.

— Joli manteau, dis-je à Nova, souriant joyeusement en enfilant mon propre bonnet pour me tenir chaud.

— Merci, répond Nova.

Elle marche à côté de moi alors que nous sortons, Luca juste derrière nous, en train de marmonner quelque chose à voix basse sur le fait de tenir la chandelle.

Je fais volte-face sur mes talons et m'arrête, et il manque de me rentrer dedans. Tout sourire et feignant l'innocence, je demande :

— Qu'est-ce que tu as dit ?

Il semble déstabilisé que j'aie pris la parole, ou peut-être qu'il ne réalisait pas que je pouvais l'entendre. Il est mignon mais pas aussi discret qu'il le pense.

Il agite ses clés devant moi.

— On prend ma voiture ou on marche quelque part dans ce temps glacial ?

Ce n'est pas vraiment une question. Il fait trop froid pour marcher où que ce soit. Nous nous entassons dans son véhicule. Je m'assieds à l'avant côté passager tandis que Nova est assise à l'arrière. La voiture ronronne, mais aucun de nous n'a décidé où aller manger. Le chauffage souffle de l'air froid, ce qui n'aide pas.

— Où est-ce qu'on va ? demande Luca.

Il me regarde puis, probablement, regarde Nova dans le rétroviseur.

— Je ne sais pas, répond Nova. Je ne connais pas les environs.

Luca se tourne vers moi.

— Qu'est-ce qui te ferait plaisir ?

— Ne pas mourir de froid, dis-je en plaisantant. Et si on allait au buffet chinois au coin de la rue ?

Ce n'est pas cher, la nourriture est correcte et c'est près du campus.

Nova bavarde pendant tout le trajet jusqu'au restaurant. La voiture n'a même pas le temps de se réchauffer que Luca se gare déjà.

Je descends de voiture et Luca se précipite pour ouvrir la porte d'entrée alors que nous pénétrons dans la chaleur du bâtiment. Il me frôle.

— De la cuisine chinoise pour notre premier rendez-vous, hein ? me dit-il à l'oreille d'un ton taquin.

Je ne peux même pas dire que ce n'était pas mon idée puisque c'était le cas, mais aussi, personne d'autre ne prenait de décision. Ils m'ont tous les deux laissé choisir.

— Ce n'est pas un rendez-vous.

Je chuchote un peu trop fort et Nova jette un coup d'œil par-dessus son épaule vers nous.

— Oh là là, est-ce que je me suis invitée alors que je n'aurais pas dû ? lance-t-elle.

Luca et moi répondons à l'unisson, mais il dit « oui » et je réponds par un retentissant « non ».

— Je t'ai seulement vue étudier avec Luca, dit Nova, pour changer manifestement de sujet.

Elle ne propose pas de partir, et je lui en suis reconnaissante. Je serais aussi inquiète si elle essayait de retourner à la maison dans le froid de la nuit noire.

Nous prenons un box, Nova s'assoit d'un côté, et je m'installe en face, ce qui donne apparemment à Luca l'opportunité de se glisser juste à côté de moi. J'aurais peut-être dû choisir de m'asseoir à côté de Nova, mais je suppose que s'il n'essaie pas de faire de bêtises, ça devrait aller.

— Tu ne vas à aucun match de hockey des garçons ? demande Nova.

Je secoue la tête.

— Je n'ai jamais été à un match de hockey.

— Jamais ? Tu as au moins regardé un match à la télé, non ?

Ses yeux sont écarquillés, comme si je venais de traumatiser le pauvre garçon. Peut-être commence-t-il à réaliser que ça ne pourrait jamais fonctionner entre nous.

— Jamais, dis-je en haussant les épaules. Je ne suis pas vraiment intéressée par le sport. Désolée.

Je lui offre un faible sourire et je rencontre son regard intense.

— Aucun sport du tout ? Même pas les Jeux olympiques ?

Ça me fait sourire.

— Je regarde un peu les Jeux olympiques quand c'est diffusé, mais ça ne compte pas.

— Et le Super Bowl ou les playoffs de la Coupe Stanley ?

— Quel ennui...

— Tu viendrais à l'un de mes matchs ? me demande Luca.

J'inspire brusquement. Ça ne m'avait même pas traversé l'esprit.

— Tu veux que je te regarde te faire botter les fesses par une bande de types sur la glace ?

Je souris pour essayer d'alléger l'ambiance.

— Je suppose que je pourrais être partante pour ça. Est-ce qu'il y aura du pop-corn ?

— Je l'aime bien, dit Nova en souriant à Luca. On peut la garder ?

Je pouffe de rire et couvre mon visage de ma main, gênée.

— Oh, c'est adorable, dit Luca en me donnant un petit coup. Ne sois pas gênée.

Nous donnons nos commandes de boissons à la serveuse puis nous dirigeons vers le buffet avant de revenir nous asseoir dans le box. Luca est encore en train de se servir pendant que Nova et moi avons une minute de temps entre filles pour discuter.

— C'est quoi l'histoire avec ton frère ?

— Qu'est-ce que tu veux dire ? demande Nova.

— C'est un mec mignon, clairement les filles se languissent pour lui. C'est quoi son truc ?

— Oh !

Les yeux de Nova s'écarquillent.

— Tu veux dire, est-ce qu'il a une petite amie ? Non, je ne crois pas. Ça fait un moment que je ne l'ai pas vu avec quelqu'un.

— Un moment...

Je répète ses mots en prenant lentement une bouchée alors que j'essaye de digérer ses paroles.

Combien de temps est « un moment » ? Une semaine, un mois ? Est-ce que c'est juste une période creuse pour lui ?

Luca apporte son assiette débordante de nourriture à la table et se glisse dans le box à côté de moi.

— De quoi parlent ces dames ? demande-t-il en nous souriant.

— Harper me demandait juste quelle était l'histoire avec toi.

— L'histoire ? répète Luca en hochant lentement la tête, les yeux levés, comme s'il recevait tous les secrets de l'univers de sa sœur.

Il se tourne et me fixe.

— Tu aurais pu me le demander directement. L'histoire, c'est que je suis célibataire, pour l'instant.

Il prend sa fourchette et se met à manger son dîner alors que je le regarde, sans voix.

Il ne me drague pas. Il est flirteur, il plaisante sur le fait de sortir avec moi, mais il ne me le demande pas vraiment. Non pas que je veuille nécessairement qu'il me demande de sortir avec lui, seulement parce que je peux déjà voir comment ça ne fonctionnerait pas entre nous. Nous vivons dans des mondes complètement différents. Il est sportif, je suis un rat de bibliothèque. Nous ne partageons même pas les mêmes centres d'intérêt.

Oh, cette sur-analyse est épuisante. J'enfonce ma fourchette dans ma nourriture et prends une bouchée, m'empêchant de dire quoi que ce soit qui m'embarrasserait davantage.

— Je l'aime bien, dit à nouveau Nova en me désignant d'un signe de tête, comme si je n'étais pas juste là et pouvais entendre chaque mot.

— Moi aussi, ajoute Luca.

— Wow, j'ai un fan-club.

Je plaisante pour essayer de briser la gêne que je ressens en étant là avec eux qui discutent de moi, juste devant moi.

— Inscris-moi, dit Luca. Est-ce que j'obtiens une carte que je peux garder dans mon portefeuille ?

— Bien sûr, si tu as vingt dollars.

Je tends ma main pour le taquiner.

————

Après le dîner, Luca me ramène à ma résidence.

Il laisse la voiture en marche, avec Nova sur le siège arrière, et il descend quand je sors.

— Tu m'accompagnes jusqu'à la porte d'entrée ?

Je plaisante à moitié mais j'espère aussi un peu.

Même si je ne sais pas exactement ce que j'espère. Un autre baiser passionné ? Quand je pense à cette nuit-là, mes lèvres picotent encore et une chaleur m'envahit.

— Je peux ? demande Luca alors qu'il prend mon sac à dos du coffre et le balance sur son épaule.

— Bien sûr, je suppose que tu peux.

— Quel genre de gentleman serais-je si je ne m'assurais pas que tu rentres chez toi en toute sécurité ?

Je ne veux pas admettre que je ne suis pas prête à rentrer. Si Quinn, ma colocataire, est dans les parages, ce sera l'enfer jusqu'au coucher. Je suppose que je mettrai un casque et regarderai un film sur l'ordinateur portable jusqu'à ce que je m'endorme.

— Je ne pourrais jamais refuser quoi que ce soit à un gentleman, dis-je en plaisantant.

— Vraiment ? sourit-il, et je sens la chaleur me monter aux joues.

Je me dirige vers la porte de la résidence, et il est juste à côté de moi. Nous entrons ensemble, Luca m'escortant à l'intérieur du bâtiment et jusqu'à la porte de ma chambre.

— Passe une bonne nuit, Harper, dit Luca.

Il se penche et frôle chastement ma joue de ses lèvres. Je tourne légèrement la tête pour que ses lèvres effleurent les miennes. J'ai besoin d'un avant-goût, je veux me rappeler ce que j'ai ressenti l'autre soir.

Tout me revient en mémoire et plus encore : la

chaleur, les picotements qui s'accumulent dans mon ventre et plus bas, et me font ressentir des sensations nouvelles et inconnues. Les papillons sont de retour, mais cette fois je ne suis ni contrariée ni en colère. Je sais qu'il ne s'intéresse pas à une autre fille, du moins pas à Nova.

Une partie de moi a envie de l'inviter dans ma chambre, pour terminer notre exploration et découvrir tellement plus l'un de l'autre. Mais je sais que Nova est à l'arrière du véhicule, le chauffage allumé, mais elle l'attend pour qu'il revienne la raccompagner à la maison. Et c'est cette petite voix, cette voix agaçante qui m'empêche d'aller plus loin.

Même si j'en ai envie.

J'ai envie de lui. J'ai envie de Luca Ricci.

C'est un fait. Je suis en train de tomber amoureuse de lui, et je ne sais pas comment arrêter ça ni même si je le veux.

— Bonne nuit, dit-il à nouveau, cette fois d'une voix plus douce et plus sensuelle alors que ses lèvres s'éloignent.

Il sourit, ses yeux sombres brillent en me regardant.

Je me retiens de le traîner dans ma chambre. J'en rêverai, j'en fantasmerai pendant les prochaines nuits, imaginant comment ça se passerait si je tirais sur sa veste pour l'attirer dans la chambre avec moi, nos membres entremêlés entre les draps, nus, brûlants et en sueur.

Un léger soupir s'échappe de mes lèvres, lourd et rauque tandis que je murmure :

— Bonne nuit.

Il dépose un dernier baiser sur mes lèvres et m'attend pendant que je cherche maladroitement ma clé avant de me glisser dans ma chambre et de fermer la porte derrière moi.

La chaleur, la fièvre qui coulait en moi, se refroidit instantanément quand j'entends Quinn rire et gémir alors qu'elle est en train d'embrasser un autre mec au hasard sur son lit.

— Je suis rentrée, dis-je, au cas où elle n'aurait pas remarqué ma présence ou entendu mon entrée.

Elle soupire, mais ce n'est pas du tout sexy. C'est clairement de l'agacement parce que je les interromps.

— Encore toi, marmonne-t-elle.

— Oui, encore moi.

J'ai essayé de laisser de l'espace à cette étudiante de deuxième année, j'ai été polie, j'ai même essayé d'être cordiale, mais j'en ai fini de vouloir me lier d'amitié avec une fille qui ne veut rien avoir à faire avec moi. C'est ma chambre aussi, et ce n'est pas parce qu'elle a un mec chez nous que je dois rester dans le couloir, encore une fois, jusqu'à ce qu'elle ait terminé.

— Tu ne peux pas, genre, sortir un moment ? Nous donner un peu d'intimité.

— Pourquoi est-ce que tu n'irais pas plutôt chez lui ? dis-je en pointant mon pouce vers la porte.

Je cherche mon casque, sachant déjà qu'elle n'a aucune intention de partir.

Mon téléphone vibre : c'est un message d'un numéro que je ne connais pas. Je l'ouvre et je vois que c'est Nova qui m'invite à une fête le week-end prochain. Je ne réponds pas tout de suite. Je connais à peine cette fille, et je ne suis pas vraiment du genre à faire la fête.

Bien sûr, aller à cette fête signifie que j'aurai l'occasion de revoir Luca, ce qui me fait me sentir encore plus partagée. J'ai des sentiments pour lui ; ils évoluent manifestement vers quelque chose que je préférerais ne pas ressentir, compte tenu de qui il est – l'un des meilleurs joueurs de hockey d'Evergreen.

Pourquoi est-ce que ça devrait avoir de l'importance ? Parce qu'il peut avoir n'importe quelle fille qu'il veut, et bien qu'il puisse penser qu'il me veut, je ne suis pas sûre que ce soit le cas. Parce qu'il se lassera et se fatiguera de moi si c'est le cas. Nous n'avons rien en commun.

Je déteste le sport.

Il vit et respire le hockey.

Ses amis sont tous des joueurs de hockey. C'est sa vie. Son père est probablement un grand fan de hockey et l'a intéressé à ce sport.

Mon téléphone vibre à nouveau, un autre message.

*Nova : Luca ne sera pas à la fête. On célèbre mes 18 ans, soirée pyjama entre filles. J'espère que ce n'est pas un problème.*

*Harper : Je serai là.*

Je connais à peine cette fille, mais elle est pratiquement une sœur pour Luca et je n'ai pas beaucoup d'amis sur le campus. Même si, techniquement, Nova n'est même pas à l'université.

Je soupire et ferme les yeux en me frottant les tempes.

Passer du temps avec Nova est une bien meilleure option que de traîner avec Quinn. Pas que ma colocataire et moi passions vraiment du temps ensemble. Si être forcées de partager une chambre compte, c'est le plus que nous ayons fait.

———

Je réussis brillamment mon examen d'économie grâce à Luca qui a passé des heures avec moi, à tout m'expliquer mieux que notre professeur. Il m'accompagne à mon prochain cours, un léger sourire aux lèvres, comme s'il avait quelque chose d'excitant à partager.

— Tu as l'air heureux, dis-je en lui jetant un regard.

Est-ce parce que le week-end est presque là ? Je suis impatiente de ne pas avoir cours pendant deux jours.

— Une raison particulière ?

Il semble presque jubiler.

— Je suis juste content que tu aies réussi ton examen.

J'ai l'impression qu'il y a plus que ça, mais je n'insiste pas.

— Je suppose que c'est parce que j'ai un bon professeur.

— Tu as intérêt à parler de moi, dit Luca en me donnant un petit coup alors que nous marchons ensemble dehors. Tu es libre demain pour qu'on se voie ?

— Je ne peux pas. J'ai des projets. Nova m'a invitée à sa fête d'anniversaire vendredi soir. Tu as des suggestions de cadeau ?

— À part ne pas y aller ? marmonne Luca, son front plissé.

Je m'arrête de marcher et me tourne vers lui.

— Vous ne vous entendez pas bien tous les deux ?

Cela ne fait que quelques jours que nous avons passé du temps ensemble tous les trois, mais peut-être que quelque chose s'est produit entre eux.

Il se gratte l'arrière de la nuque. C'est un geste gêné, et il semble mal à l'aise quand il répond.

— Je pense juste que tu t'amuserais davantage ici sur le campus ce week-end.

— Je lui ai déjà dit que je viendrais. Je ne vais pas la décevoir.

En plus, ce n'est pas comme si j'avais d'autres projets, et ça me fera du bien de m'éloigner un peu de Quinn.

— Tu sais que c'est une soirée pyjama, avec un tas de lycéennes.

— Tu fais passer ça pour quelque chose de scandaleux. Elle va avoir dix-huit ans. J'ai dix-huit ans, dis-je en me désignant. Il n'y aura même pas de garçons qui dormiront sur place, alors ne t'inquiète pas pour elle, relaxe.

— Relaxe, grommelle-t-il entre ses dents.

J'ai clairement touché un point sensible. Je ne sais juste pas lequel ni pourquoi.

Je tourne les talons et accélère le pas pour me rendre en cours. Luca se dépêche de me suivre.

— Je ne peux pas te convaincre de ne pas y aller ?

— Je ne vois pas où est le problème, dis-je.

Il ne me répond pas. Quel que soit le problème qu'il a inventé, il reste enfoui en lui.

Nous approchons du bâtiment, et je tends la main vers la poignée, jetant un regard par-dessus mon épaule vers Luca.

— On pourrait peut-être se voir dimanche.

— Ouais, peut-être.

Il est sombre, l'étincelle dans ses yeux bleu-gris a disparu.

— J'ai un match d'entraînement avec les gars dimanche, mais peut-être qu'on pourra s'arranger.

— À plus tard, dis-je en entrant dans le bâtiment pour mon prochain cours.

———

Je n'ai pas eu de nouvelles de Luca. Je ne sais pas pourquoi je m'attends à le voir ou à l'entendre. Ce n'est pas comme si on sortait ensemble.

Et pourtant, ça semble différent.

Presque comme s'il était contrarié par le fait que j'aille à la fête de Nova. Peut-être que j'interprète trop la situation, mais c'était évident qu'il ne voulait pas que j'y aille.

Je passe à la librairie locale et je prends une carte-cadeau. Je ne sais pas ce qu'elle aime lire ou vraiment quoi que ce soit à son sujet. Luca ne m'a pas du tout aidée quand je lui ai posé la question.

Je mets la carte dans un joli petit sac avec une peluche de narval qui a attiré mon attention. L'équipe de Luca s'appelle les Narvals, alors peut-être que ça me fera gagner des points. Est-ce que Nova aime le hockey ?

Assise sur mon lit, je range soigneusement tout dans le sac et j'ajoute un peu de papier de soie pailleté pour cacher les surprises nichées à l'intérieur, quand la porte de la chambre s'ouvre.

Quinn est de retour et, pour la première fois, elle n'est pas collée à la hanche d'un nouveau mec. Elle porte cependant un maillot de l'équipe de hockey d'Evergreen.

Et pas n'importe quel maillot, il porte le nom Ricci au dos et son numéro 21. Les chiffres sont cousus à la main, et clairement, c'est du fait sur mesure.

Je suis à la fois furieuse et jalouse.

Même si je le nierais si on me posait la question.

— Je ne te dérangerai pas ce soir, dit Quinn.

Elle ouvre son placard, prend quelques trucs, dont de la peinture faciale bleue et blanche et des pinces à cheveux.

— Je vais voir les Narvals jouer ce soir. Je n'arrive pas à croire que j'ai réussi à avoir des places au premier rang pour voir Luca Ricci jouer ! Il est tellement sexy.

Mon estomac fait des saltos quand elle prononce *son* nom.

Je ne devrais pas m'en soucier. Je n'aime pas le hockey, et je n'aime certainement pas Quinn. Mais l'idée qu'elle encourage Luca me donne la nausée. Est-ce que ça fait de moi une personne horrible ? Je devrais être heureuse qu'il ait des fans, mais le simple fait que ce soit Quinn me dérange.

— Est-ce que tu vas dormir ici ce soir ? Parce que si j'arrive à mettre la main sur ce canon de joueur de hockey, je ne vais pas hésiter et marquer avec lui.

Elle me fait un clin d'œil.

La bile me monte à la gorge.

— Je serai absente demain soir.

Je ne sais même pas pourquoi je le lui dis.

— Oh. Dommage, dit-elle avec une moue. Je dois toujours être si accommodante pour toi.

Elle en rajoute, geint et essaye de me faire culpabiliser.

— Pourquoi tu ne peux pas me rendre ce service et trouver un autre endroit où dormir ce soir ?

Elle a ces yeux de biche qui peuvent marcher sur les garçons mais qui ne me font aucun effet.

Je ricane à ses mots.

— Pourquoi tu ne peux pas garder tes jambes fermées pour une nuit ou le baiser dans les vestiaires ?

Ses sourcils se haussent. Elle semble surprise que j'aie répondu. L'attitude pleurnicharde et timide a disparu de son comportement.

— Ce n'est pas une mauvaise idée, dit-elle avec un sourire narquois.

Je me déteste d'avoir fait cette suggestion. J'attends qu'elle parte avant de prendre mon téléphone et d'envoyer un message à Kensley pour lui dire que j'ai besoin qu'elle vienne fissa.

En moins de dix minutes, elle est dans ma chambre, assise en face de moi sur le lit.

— Balance tout, dit-elle.

Je n'ai pas vraiment été explicite par texto. Je lui ai juste envoyé un message pour qu'elle ramène ses fesses ici parce que je paniquais.

— Luca joue ce soir.

Kensley pince les lèvres.

— Oui, je sais. Mais tu n'aimes pas le hockey.

— Quinn apparemment si. Cette fille vient de baver sur Luca. Tu aurais dû voir son maillot personnalisé.

— Donc, elle porte un maillot avec son nom dessus. La belle affaire. Qu'est-ce qui te met dans cet état ?

Kensley attend que j'élabore.

— Elle veut coucher avec Luca, elle l'a dans sa ligne de mire. Si tu connais un peu Quinn, elle va planter ses griffes en lui, et il ne la verra même pas venir.

Kensley se lève et étire ses jambes et son dos. Elle se dirige vers la porte.

— Où est-ce que tu vas ?

— Si tu es aussi accrochée à Luca, alors on doit y arriver en premier.

— Et dire quoi ?

Je secoue la tête ; nous ne pouvons pas faire ça. Je ne vais pas me battre pour Luca ou le faire choisir entre Quinn et moi. Je ne gagnerais jamais.

Kensley rit et attrape mes mains pour me tirer du matelas.

— On va le regarder jouer, l'encourager et clairement attirer son attention. Quinn n'a aucune chance si tu es là.

— C'est drôle, dis-je en pointant Kensley du doigt.

— Quoi ?

— Que tu penses que j'ai une demi-chance avec Luca. Nous sommes juste amis.

Elle lève les yeux au ciel, peu convaincue. Kensley fourre son téléphone dans sa poche et se tourne légèrement, me regardant par-dessus son épaule.

— Prends ta carte d'étudiante.

— C'est complètement dingue. Ça ne marchera jamais, dis-je. Nous sommes juste amis.

— Je sais, tu ne cesses de répéter cette phrase, mais je te jure que c'est parce que tu essaies de te convaincre que tu n'as pas de sentiments pour lui.

Elle me guide à travers le campus, vers la patinoire. Je n'y ai jamais mis les pieds, mais elle me conduit à l'intérieur comme une pro.

Alors qu'on nous escorte vers nos places avant le début du match, je lui murmure à l'oreille :

— Est-ce que tu es secrètement une fan de hockey ?

— Je ne me qualifierais pas de fan de hockey ; je ne possède ni maillot ni produits dérivés, mais j'ai assisté à quelques matchs en grandissant. Mon petit frère adore le hockey.

— Il joue ?

— Mes parents ne le laisseraient jamais monter sur la glace, c'est trop dangereux.

— Des parents hélicoptères ?

— Ils ont leurs raisons, dit-elle, sans plus de détails.

Notre équipe, les Narvals, entre sur la patinoire et commence à s'échauffer. J'aperçois Luca, qui patine sur la glace et s'étire, se préparant pour le match.

— Ricci ! s'écrie Quinn.

Elle sautille de haut en bas au premier rang derrière la vitre en plastique pour tenter d'attirer son attention.

Il lève les yeux, sourit et hoche la tête avant de s'éloigner en patinant.

Je ne peux pas m'empêcher d'observer Quinn,

comme un accident de train qu'on ne peut s'empêcher de regarder.

Kensley me donne un coup de coude.

— Arrête d'être jalouse.

Je grommelle à voix basse.

— Qu'est-ce que tu as dit ? demande Kensley, qui n'est pas du genre à ignorer quoi que ce soit ou à laisser passer.

— Je ne suis pas jalouse.

Kensley se tient debout devant son siège.

— Tant mieux, parce que tu n'as aucune raison de l'être, dit-elle.

Je la regarde, incertaine de ce qu'elle entend par cette remarque. Je finis par me lever quand trois étudiants essaient de passer devant nous, mais il n'y a pas vraiment assez de place dans la rangée. Les gradins commencent à se remplir davantage.

— Tu me regardes comme si j'étais le diable, dit-elle.

Je ris, mais c'est forcé.

— Pas du tout.

— Ok, sois jalouse, dit Kensley en haussant les épaules. Tu ne fais que te faire du mal. Tu sais qu'il t'aime bien. Quinn va probablement se jeter sur lui parce que c'est ce qu'elle fait.

Je gémis. C'est bien ce qui m'inquiète. Que Quinn fasse exactement ça, et que Luca tombe dans le panneau parce que c'est un mec bien.

— Je ne veux simplement pas le voir se faire briser le cœur.

— Je m'inquiéterais plus qu'elle lui casse la bite.

Un rire m'échappe.

— Ce n'est pas une image dont j'ai besoin.

Kensley ricane et me pousse du coude.

— Détends-toi. Luca va être aux anges quand il va voir que tu es venue à son match.

— Il ne va pas me remarquer.

Je ne suis qu'un petit point dans une mer de bleu et blanc.

— Si tu le dis.

Les mecs assis à côté de nous portent des maillots. En fait, presque tout le monde dans les gradins porte un maillot ou, au minimum, les couleurs de l'équipe. Kensley est habillée d'un pull beige, elle se fond pratiquement dans le public. Moi, en revanche, je porte du rose vif.

Je ressors de façon criarde, mais il est peu probable que Luca regarde dans le public. Pourquoi le ferait-il ?

Mon regard l'aperçoit en train de patiner sur la glace, et je jure que ses yeux sont sur moi. Ça doit être mon imagination parce que je le vois esquisser un sourire.

Impossible.

Il est probablement ravi de l'affluence pour le match de ce soir, ou peut-être qu'un de ses coéquipiers a fait une blague. Ce n'est pas comme s'il était seul sur la glace. Ses potes sont avec lui, en attendant que le match commence.

Luca fait signe dans ma direction, et je regarde autour de moi dans la foule, supposant qu'il fait juste un signe à tout le monde pour les saluer. Il est amical, je veux dire, il l'a toujours été avec moi. Il est sympa avec les filles sur le campus qui lui rentrent littéralement dedans pour qu'il les remarque.

Même si je ne l'ai jamais vu être particulièrement sociable, il a beaucoup d'amis et il s'entend bien avec ses colocataires.

C'est quelque chose que je ne connais pas.

Par contre, il y a une chose dont je suis jalouse et que je suis prête à admettre.

Quinn. Elle n'est qu'une distraction agaçante.

Et c'est à ce moment que je la vois debout au premier rang derrière la vitre en plexiglas, en train de lui faire signe et de former un cœur avec ses mains.

Je ne peux plus regarder. Je me laisse tomber sur mon siège et je laisse la foule m'entourer et me cacher, pour ne pas avoir à regarder Quinn flirter avec Luca.

À quoi pensais-je en venant ici ce soir avec Kensley ? Je ne peux pas regarder Quinn flirter avec *lui*.

— Qu'est-ce qui ne va pas ?

Kensley prend place à côté de moi.

J'ai envie de lui dire de *regarder autour d'elle*, mais elle ne surveille probablement pas Quinn comme je l'ai fait, à ressentir la jalousie s'agiter en moi et la colère monter à la surface. Pourquoi doit-elle courir après Luca ? Elle pourrait avoir n'importe quel mec de l'école. Pourquoi *lui* ?

La foule commence à s'asseoir et les joueurs commencent à disparaître de la glace.

Je demande à Kensley :

— Où est-ce qu'ils vont ?

— Au vestiaire, probablement. Ils vont annoncer l'équipe et les joueurs lorsqu'ils reviendront sur la glace.

— Harper ! crie soudain Luca en agitant frénétiquement les bras avant que ses potes de hockey ne le tirent hors de la glace avant le match.

Quinn se retourne et scrute la foule d'un air renfrogné. Je me tasse derrière le grand type assis devant moi, pour me cacher à la fois de Luca et de Quinn, mais principalement de Quinn. Ce n'est pas comme si Luca venait de m'embarrasser en public.

Pourquoi est-ce qu'il a crié mon nom ?

# SIX

LUCA

Mes yeux ne me jouent pas des tours. Non, c'est bien Harper McKenna dans les gradins, en train de regarder l'équipe s'échauffer avant notre match.

Ashton m'attrape par le maillot quand je l'ignore, et il me traîne hors de la glace avant que nous n'ayons des ennuis.

— Tu l'as vue ? Je n'arrive pas à croire que Harper soit venue, *Mademoiselle Je Déteste le Sport*.

— Qui, Harper ?

Ashton secoue la tête tandis que nous nous dirigeons vers le couloir.

— Non, mais je t'ai entendu crier son nom comme un dingue. Tu te ridiculises pour une fille.

— La ferme.

Je le percute alors que nous entrons dans le vestiaire.

Ashton lève les yeux au ciel en riant.

— Dommage qu'on craque sur la même fille.

Mon estomac se noue à ses mots.

— Harper te plaît ?

Je savais qu'il avait un petit béguin, mais je pensais qu'il était passé à autre chose.

Ses yeux sombres brillent tandis qu'il offre un rare sourire.

— T'inquiète pas, je sais qu'il ne faut pas voler ce qui t'appartient.

Elle n'est pas techniquement *mienne*. Même si je voudrais qu'elle le soit. Mais si Ashton sait qu'il doit rester loin d'elle, c'est parfait.

— Bien.

— Demande-lui pour moi si elle a une sœur, dit Ashton avec un sourire malicieux.

Je ne vais pas faire les commissions d'Ashton. S'il veut une copine, il peut en trouver une lui-même.

— Demande-lui toi-même la prochaine fois qu'elle viendra.

— Ou je pourrais l'inviter à sortir pour voir, me provoque-t-il.

Je me jette sur lui, et plusieurs de nos coéquipiers me retiennent de l'agresser physiquement.

— Garde ça pour la glace, Ricci ! me crie le coach.

Je sais que le coach a raison. Je ne devrais pas me battre avec Ashton, mais c'est dur de laisser passer cette connerie, surtout quand il parle d'*elle*.

Harper n'est peut-être pas encore ma copine, mais je ne veux pas que quelqu'un d'autre pense au simple fait de sortir avec elle.

Parce que la vérité, c'est que je la veux. Je suis plus qu'un peu intéressé. Et la simple pensée que quelqu'un d'autre pose ses mains sur elle me rend malade.

Cette rage qui monte en moi, je la déteste. Ce sentiment d'agonie, cette boule serrée nichée dans ma poitrine, qui tombe dans mon estomac à chaque respiration profonde. Plus je pense à quelqu'un d'autre qui lui accorderait la moindre attention, pire c'est.

Je suis un drapeau rouge ambulant, je le sais. J'en veux à mon père pour ça, et même si je ne veux pas être comme lui – je le déteste – j'ai quand même grandi sous son toit. C'est naïf de penser que je pourrais être autre chose.

C'est pour ça que je suis ici à jouer au hockey. Le seul sport qu'il déteste absolument. Il pense que je suis faible et stupide de ne pas suivre ses traces. Il veut que je dirige l'empire un jour.

Pas question.

Je m'en fous, et même s'il m'offrait un million de dollars, je ne le ferais pas.

J'en sais trop sur la mafia, la famille, les affaires qu'ils font, et j'aimerais ne rien savoir de tout ça.

J'aurais aimé ne jamais surprendre mon père en train d'assassiner un homme innocent dans le sous-sol de notre maison quand j'étais enfant. Certaines choses me hantent encore aujourd'hui, et je refuse ne serait-ce que de tenir une arme. L'odeur de la poudre me retourne l'estomac.

Je suis sûr que Dante, mon père, me méprise de ne pas l'avoir rejoint dans les affaires. En fait, c'est une vérité que je connais. Il me l'a dit clairement, et pourtant, ça ne fait aucune différence pour moi.

J'évite de rentrer à la maison. Dès que j'ai été accepté à l'Université Evergreen, j'ai fui cet endroit misérable.

J'ai entendu Maman pleurer quand j'ai été accepté avec une bourse complète. Elle est la seule raison pour laquelle j'envisagerais de rentrer à la maison, mais je ne peux pas, et je ne le ferai pas.

Mon cœur martèle dans ma poitrine au son de la foule qui acclame et crie. Le présentateur anime le public et commence les présentations de notre équipe alors que nous retournons sur la glace. Je cherche Harper dans les gradins. Il y a une mer de bleu et de blanc pour les Narvals, notre équipe, mais elle est difficile à repérer pour le moment, et elle portait du rose vif.

La foule est debout, à nous acclamer, ce qui est incroyable. J'adore les matchs à domicile.

Harper est-elle déjà partie ? Elle a clairement fait comprendre qu'elle déteste le sport. Quinze minutes à nous regarder nous échauffer pour nous préparer à jouer, et elle a déjà filé.

On se fait botter les fesses. C'est brutal, et c'est partiellement de ma faute. Je ne joue pas à mon meilleur niveau après avoir aperçu Harper dans les gradins, et après qu'Ashton m'a énervé en parlant de l'inviter à sortir.

Dire que je suis distrait est un euphémisme, parce que je n'ai pas arrêté de lever les yeux pour la chercher. Je me suis fait plaquer contre la vitre plusieurs fois, on m'a volé le palet, et on m'a botté les fesses encore plus.

Harper n'était visible nulle part.

Bien sûr, il y a des tonnes de personnes dans le stade. C'est bondé, et elle est probablement juste cachée derrière quelqu'un de plus grand qu'elle. Ça ne me facilite pas les choses pour autant, sachant qu'elle est là-bas à regarder mon anéantissement.

Ou pire, elle regardait, et puis après que j'ai crié son nom et lui ai fait signe, elle a été gênée et elle est partie.

Cette pensée m'a taraudé pendant tout le match.

Tellement que je ne pouvais pas me concentrer sur ce stupide palet glissant sur la glace ou sur l'équipe adverse qui se précipitait dessus. Je n'ai pas donné au match l'énergie que j'y mets d'habitude. C'est comme si mon cœur n'y était pas, parce que mon attention est focalisée sur la mauvaise chose.

Coach le remarque, et après le match, il me prend à

part et me passe un savon pendant une bonne dizaine de minutes.

Il est furieux parce que j'ai merdé, royalement.

Je n'ai rien à dire. Je n'essaie même pas de trouver des excuses parce que je sais qu'il a raison, et c'est la seule chose qui fait encore plus mal. J'ai été nul parce que j'étais distrait par une fille.

Putain de merde.

Je dois sortir Harper de mes pensées. Elle est dangereuse.

Je me douche dans le vestiaire, et Ashton me fusille du regard quand je me sèche.

— Quoi ?

C'est impossible d'ignorer son regard furieux. C'est comme de la chaleur qui irradie de l'asphalte.

— Tu as joué comme une merde ce soir.

— Merci, dis-je en enfilant mes vêtements propres. Sympa, *mon pote*.

— Je ne suis pas là pour te lécher le cul.

Il me fixe, son regard ne vacille jamais.

Je ne m'attendais pas à ce qu'il comprenne ce que je voulais dire, et je me sens encore plus comme une merde.

— Désolé, mec.

Ashton m'observe avec une intensité silencieuse pendant que je lace mes baskets et range mon casier.

D'habitude, je lui répondrais sèchement, je lui demanderais ce qu'il regarde, mais après la soirée que j'ai eue, j'en ai fini. S'il a quelque chose à dire, il le dira.

Je le connais assez bien pour savoir qu'il ne se retiendra pas.

Je ne suis pas déçu.

— Tu as des sentiments pour la jolie blonde ?

Il n'a pas besoin de dire son nom. Il la voit tout le temps à la maison, il nous a vus en train d'étudier ensemble.

Je me mords la langue pour éviter de répondre. Un peu de douleur me fait du bien en ce moment. Je le mérite après la façon merdique dont j'ai joué ce soir.

— Merde, tu ne le nies même pas, dit Ashton avec un petit rire. Je le savais ! Ces séances de révision sont beaucoup plus intéressantes que ce que tu laisses entendre.

Je lève les yeux au ciel, attrape mon téléphone et mes clés et sors du vestiaire, traversant le bâtiment en direction de la sortie pour rejoindre ma voiture.

Ashton est sur mes talons et m'agace alors qu'il se dépêche pour me suivre.

— Tu me ramènes toujours ce soir, non ?

Je devrais laisser ce salaud rentrer à pied, mais je me sens généreux. Il a marqué deux buts. J'ai laissé l'autre équipe en mettre un. Je pousse les portes de la patinoire et sens une rafale d'air glacial frapper ma peau.

C'est une longue marche jusqu'à la voiture. Je peux pratiquement voir mon souffle, et je tripote mes clés dans ma poche. Je l'avertis :

— Monte, mais ne me fais pas attendre.

Ashton se dépêche, sachant que je pourrais très bien le laisser sur place. Je suis dans ce genre d'humeur ce soir.

Ce à quoi je ne m'attends pas, c'est de voir une fille inconnue appuyée contre le côté conducteur de ma voiture. Elle porte mon maillot avec un legging noir. Elle frissonne et a les bras croisés sur sa poitrine, mais je n'imagine pas que cela l'aide beaucoup à se réchauffer.

— Je peux t'aider ?

Mon ton est tranchant, rapide, et avec autant de mordant que le froid qui pince mes doigts.

Je ne la reconnais pas, et si c'est une groupie, je ne suis pas intéressé.

Ses joues sont roses, et je ne peux pas dire si c'est le froid dehors ou mon ton dur qui la fait rougir.

À présent, la plupart des voitures ont quitté le parking, ce qui a rendu assez facile de trouver mon véhicule garé près du fond, et comme il n'y a plus personne garé de part et d'autre, ce n'est pas comme si elle avait du mal à trouver son véhicule.

— On a chimie ensemble, dit-elle en chuchotant, ses yeux lourdement maquillés d'eye-liner et de mascara.

Ses yeux sont hypnotisants, et j'inspire brusquement en essayant de me souvenir d'elle.

— J'espérais pouvoir t'offrir un verre, murmure-t-elle en gardant sa voix basse et sensuelle.

Elle est jolie, mais elle a l'air un peu trop collante,

considérant qu'elle me demande de sortir après m'avoir attendu devant mon véhicule. Comment savait-elle quelle voiture était la mienne dans le parking ?

— Je suis flatté mais pas intéressé, dis-je.

Je ne peux pas me rappeler son nom, et même si je suis le cours de chimie dont elle parle, je jure que je n'ai jamais remarqué cette fille auparavant.

Elle ne portait probablement pas mon maillot en classe non plus, cela dit.

— Tu l'emmènes pour un tour ? demande Ashton en ouvrant brusquement la portière de la voiture.

Il monte côté passager et claque la portière avant même que je n'aie le temps de lui répondre.

La blonde fait la moue et frissonne à nouveau, mais cette fois c'est beaucoup plus visible. Je ne peux m'empêcher de me demander si c'est intentionnel, comme si elle essayait de me faire comprendre par son langage corporel qu'elle a froid. Ce dont je ne doute pas, vu sa tenue.

— Tu pourrais me déposer ? demande-t-elle, ses yeux bleus levés vers moi, pleins d'espoir. Je n'habite pas loin. Je suis dans les résidences universitaires.

Je jette un coup d'œil par-dessus mon épaule. Aucun signe de Harper, la seule fille que je veux voir ce soir. Elle a dû partir tôt ou s'en aller avec ses amies, car je doute qu'elle soit venue seule assister au match de hockey.

Je soupire et ouvre à contrecœur la portière arrière.

— Monte. Je vais te déposer.

— Merci ! s'exclame la fille avec joie avant de grimper sur la banquette arrière. Je m'appelle Quinn, ajoute-t-elle, prompte à se présenter.

Je ferme la portière et me dépêche de m'installer au volant, puis je démarre le moteur pour réchauffer le véhicule.

— Je parie que tu connais déjà nos noms, dis-je.

Elle porte mon maillot, qui semble fait main.

— Luca Ricci et Ashton Rinaldi, répond-elle. Difficile de ne pas savoir qui vous êtes, puisque vous êtes les meilleurs joueurs de hockey de l'équipe d'Evergreen.

Cette fille sait comment flatter l'ego.

— Je suis meilleur, lance Ashton en se retournant et en adressant à Quinn un sourire éclatant. Tu portes le mauvais maillot, Quinn. Ce type passe plus de temps sur le banc des pénalités que sur la glace, dit-il en me désignant du pouce.

D'habitude, je me disputerais pour savoir qui est le meilleur joueur – moi, bien sûr – mais je n'en ai pas envie ce soir. Mes pensées reviennent vers Harper, l'image d'elle plus tôt dans les gradins. Je n'arrive pas à me la sortir de la tête.

Pourquoi est-ce qu'elle m'obsède autant ?

— Alors, ce match ce soir. Difficile, dit Quinn.

Elle déborde d'enthousiasme et d'énergie, deux choses que je ne ressens pas en ce moment. Après un match, je plane habituellement sur les endorphines.

Ce soir, c'était une défaite difficile. Un rappel que je

dois me ressaisir pour notre prochain match. Je dois régler cette situation avec Harper, quoi que ça signifie... je n'en sais rien.

Je conduis vers le campus et lève les yeux vers l'immeuble de Harper.

— Donne-moi une minute. Je veux voir quelqu'un, dis-je à Ashton.

— Vraiment ? Tu vas faire ça maintenant ?

Ashton soupire et appuie sa tête contre l'appui-tête.

— Laisse juste le moteur tourner, ok ?

Je laisse le moteur en marche et me précipite dehors dans l'air frais.

— Je suis dans le bâtiment B, dit Quinn.

Harper vit aussi dans le bâtiment B.

— C'est là que je vais, dis-je.

Je la suis à l'intérieur et comme il est tard, elle utilise son badge pour accéder au bâtiment. Elle me laisse entrer avec elle, me permettant de contourner la sécurité, et nous nous dirigeons vers l'est du bâtiment pour prendre les ascenseurs ensemble.

— Quel étage ? demande Quinn alors que je la suis dans l'ascenseur.

— Huitième.

Elle appuie sur le bouton du huitième étage et s'adosse contre la paroi de l'ascenseur.

— Merci de m'avoir ramenée, dit Quinn. Si jamais tu veux prendre ce verre un jour...

Son sourire ne quitte jamais son visage, ses yeux

saphir brillent tandis qu'elle me regarde, espérant que je vais dire oui.

— J'apprécie, mais je suis occupé.

Je ne veux pas la blesser, mais je n'ai aucun intérêt à faire connaissance avec cette fille. Elle est jolie, elle semble assez sympathique, mais il y a quelque chose chez elle qui me paraît bizarre.

Ça pourrait être le fait qu'elle m'attendait à ma voiture ce soir après le match.

Gros drapeau rouge.

Pas besoin d'être un génie pour le voir.

L'ascenseur sonne, et je lui fais signe de sortir en premier. Je la suis, et nous nous dirigeons dans la même direction.

Quinn a un léger rebond dans sa démarche, presque comme si elle était euphorique de cette soirée. Bien que je ne sois pas sûr de comprendre pourquoi. Cette fille est un mystère, un mystère dans lequel je n'ai pas besoin de m'impliquer.

— Tu es sûr que je ne peux pas t'offrir ce verre ?

Elle me jette un regard par-dessus son épaule avec un sourire entendu.

Pense-t-elle que je suis monté ici pour elle ?

Je pensais avoir été clair sur le fait que je voulais rendre visite à une amie.

— C'était gentil de ta part d'essayer de protéger ma réputation devant ton ami. Mais je ne suis pas une petite fille innocente, Luca. Je peux prendre soin de moi-même.

De quoi est-ce qu'elle ?

Quinn tripote sa clé dans sa main et s'arrête devant la chambre 802, la même que celle où je me rends pour voir Harper. Elle enfonce la clé dans la serrure et me jette un dernier regard avant d'agripper mon maillot pour me tirer vers elle et de poser ses lèvres sur les miennes avec force.

# SEPT

HARPER

Je bouillonne de rage depuis que j'ai quitté la patinoire, furieuse contre Luca de m'avoir embarrassée et encore plus agacée par Quinn qui essayait d'attirer l'attention de Luca.

J'ai pratiquement usé le tapis de ma chambre à force de faire les cent pas en attendant que Quinn rentre. Il est impossible qu'elle ait obtenu ce qu'elle voulait et couché avec Luca.

C'est évident que c'est ce qu'elle veut, et Quinn obtient toujours ce qu'elle veut. Absolument tout le temps.

C'est écœurant.

J'entends sa clé dans la serrure, mais comme elle n'ouvre pas la porte, je l'ouvre d'un coup sec, me demandant ce qui lui prend autant de temps. Je ne devrais pas avoir envie qu'elle rentre, mais maintenant que je sais qu'elle est devant la porte, c'est comme une bombe à retardement et j'attends d'exploser.

Je n'ai jamais autant détesté quelqu'un de ma vie.

Non, je retire ça.

Mes yeux me brûlent quand j'aperçois Harper en train d'embrasser quelqu'un dans le couloir. Ils se séparent, probablement pour reprendre leur souffle, et mon cœur se brise en mille morceaux alors que je claque la porte.

— Harper ! me crie Luca, et les larmes me montent aux yeux.

Je refuse de pleurer.

Je n'ai nulle part où m'enfuir. La salle de bain est dans le couloir, alors j'attrape mon casque et l'enfonce sur mes oreilles. C'est ce que Quinn veut, non ?

Je ferme les yeux, monte le volume au maximum en écoutant ma playlist de métal rageur et je me plaque un oreiller sur la tête pour essayer de m'isoler.

Pourquoi est-ce que je tombe toujours amoureuse du mauvais mec ?

J'entends des voix étouffées, mon lit s'affaisse et je suis sur le point de hurler contre Quinn et Luca quand je retire l'oreiller de mon visage et ouvre les yeux pour me retrouver face à Luca.

Il fait un geste vers le casque que je porte, et je l'enlève à contrecœur. J'inspire profondément, priant pour que mon visage ne soit pas rouge à cause des quelques larmes qui ont menacé de couler.

— Quoi ?

Ma question est sèche et pleine de tourment.

— Je suis venu pour qu'on puisse parler.

Je ris sombrement, sentant un nœud tordu dans mon estomac.

— Parler ? C'est difficile de nous imaginer faire ça alors que tu enfonces ta langue dans la gorge de Quinn.

Il soupire et lance un regard noir à Quinn avant de reporter son regard sur moi.

— Ce n'est pas ce qui s'est passé.

— Tu es monté dans sa chambre avec elle. Laisse-moi deviner, tu lui as aussi offert un tour après le match ?

Le silence tombe entre nous.

— Tu es jalouse, dit-il.

La réalisation semble le frapper, et ça ne fait que me mettre encore plus mal à l'aise.

— Je ne le suis pas. Je ne sais pas de quoi tu parles.

Je me redresse sur mon lit et je balance mes jambes par-dessus le bord du matelas.

— Je n'ai aucune raison d'être jalouse, dis-je, énonçant l'évidence.

Je fais semblant d'être vexée par son accusation, même s'il pourrait avoir raison. Cependant, je refuse de lui avouer quoi que ce soit.

Pour essayer de détourner l'interrogatoire vers lui, je demande :

— Tu es fou, et pourquoi est-ce que tu venu me parler ?

C'est lui qui devrait être interrogé pour avoir embrassé ma colocataire.

— Depuis combien de temps est-ce que vous deux…

Je fais un geste entre eux, espérant que ce n'est pas vraiment une *histoire*, parce que je ne supporterais pas de savoir qu'ils couchent ensemble dans notre chambre.

— Je soupire après lui depuis des semaines, dit Quinn, sa voix dégoulinante comme du miel, douce, sucrée, et pleine de désir.

— Il n'y a rien entre elle et moi, affirme Luca en pointant Quinn du doigt.

Il ne prononce pas son nom. Je ne suis pas sûre qu'il le connaisse, mais ce ne serait pas une terrible surprise. Quinn aime bien se mettre au lit avec n'importe quel mec qui respire, et je doute qu'elle connaisse les noms de tous les hommes avec lesquels elle a couché.

— Sauf ce soir, roucoule Quinn, et mon estomac fait des sauts périlleux.

Je me dandine sur mes pieds, attendant que quelqu'un développe et espérant que ce soit Luca.

— Je t'ai raccompagnée, ce qui n'est pas mon premier regret de la soirée, dit Luca.

Son téléphone commence à vibrer dans sa poche, et il jure à voix basse.

— J'ai laissé Ashton attendre dans la voiture.

Quinn sourit, mais l'acte doux et timide qu'elle jouait s'évanouit.

— Invite-le à monter. On pourrait en faire une *vraie* fête.

Luca ricane.

— Ça n'arrivera pas. Harper, est-ce qu'on peut parler ?

— Tu devrais descendre ; tu ne peux pas faire attendre Ashton éternellement, dis-je.

Je ne veux pas qu'il parte, mais je ne veux pas non plus avoir une conversation avec Quinn dans la pièce.

Il tend la main vers moi et repousse une mèche de cheveux de mon visage pour la placer derrière mon oreille. Son toucher est chaud et envoie des picotements dans tout mon corps. Je me penche vers sa caresse en le regardant. Je veux l'embrasser et lui crier dessus, les deux simultanément.

Est-ce normal d'être aussi troublée par un garçon ?

— Tu as probablement raison, murmure-t-il, mais il ne bouge pas. Ce week-end, toi, moi, une soirée tranquille dans un endroit romantique. Un vrai rendez-vous, dit-il, rendant ses intentions parfaitement claires.

Ses doigts sont comme un courant chaud et offrent à mon corps un avant-goût de ce qui m'attend. Le dos de ses doigts effleure ma joue, et je soupire doucement, reconnaissante d'être assise, sinon mes genoux auraient certainement flanché.

Comment exerce-t-il ce genre de pouvoir sur moi ?

*Ce n'est qu'un coup de cœur.* Ces mots rebondissent dans ma tête, mais il est trop facile de tomber amoureuse de lui, et j'essaie de ne pas me laisser emporter.

— Je t'aime vraiment bien, Harper, au cas où tu ne l'aurais pas remarqué.

Il met cartes sur table, au cas où me dire qu'il veut un vrai rendez-vous ne suffirait pas.

— Je veux avoir la chance de mieux te connaître.

Je me penche vers sa caresse alors que ses doigts descendent le long de ma mâchoire.

J'ai tellement envie de l'embrasser, mais je me retiens. Il vient juste d'embrasser Quinn.

Et peut-être que si je suis honnête avec moi-même, j'ai un peu peur de la goûter si je l'embrasse. Et si je ne sens pas son gloss à la cerise, que se passera-t-il si je tombe amoureuse de lui encore plus vite ?

Ça ne peut pas arriver.

Je dois garder les choses lentes, prudentes.

Parce que c'est Luca Ricci.

Il est sexy.

Intelligent.

Sportif.

Et, le plus important, toutes les filles se pâment devant lui. Je ne veux pas être un numéro de plus sur sa liste.

C'est plus que ça – il y a tellement de choses que je ne peux pas revivre.

— Alors, ce rendez-vous ce week-end, juste nous

deux ? Ou on pourrait en faire tout le week-end, dit Luca avec un sourire.

Je lui donne des points pour sa persévérance.

— Tu veux dire que notre premier rendez-vous avec ta petite sœur dans les parages ne compte pas ?

Je le taquine à propos de Nova parce que ça pourrait peut-être briser la tension sexuelle épaisse qui flotte dans l'air.

— Ça ne compte définitivement pas.

Il m'offre un sourire ironique.

— Alors, samedi ou dimanche ? Choisis ton poison, plaisante-t-il.

Puis-je lui confier mon cœur ?

Je ne peux pas effacer l'image de ses lèvres sur les *siennes*, mais je crois Luca quand il dit qu'elle s'est jetée sur lui. Ça ressemble exactement à Quinn.

J'apprécie beaucoup Luca, mais lui faire confiance est quelque chose qui ne me vient pas naturellement. J'ai déjà été blessée, avec mon petit ami du lycée. Il jurait qu'il m'aimait, que nous irions ensemble à l'Université Evergreen, et qu'il n'avait d'yeux que pour moi. Que j'étais le centre de son monde.

Ce n'étaient que des conneries. Je l'ai surpris au lit avec deux pom-pom girls, et ensuite il a eu l'audace de m'inviter à les rejoindre !

Ce souvenir fait bouillir mon sang et me hante encore aujourd'hui.

Oui, j'ai des problèmes de confiance. Ce connard en était la raison, et bien que je sache que tous les mecs ne sont pas des abrutis complets, il était dans l'équipe de football. Ce qui m'incite à éviter les sportifs.

Et Luca joue au hockey. C'est difficile de ne pas voir les similarités. Il a des filles qui se jettent constamment sur lui. C'est beaucoup de concurrence, et, eh bien, j'ai peur de ne pas gagner à la fin. Je finirai avec le cœur brisé à nouveau.

Luca trouvera inévitablement quelqu'un d'autre qui n'a pas de problèmes de confiance, qui est plus amusante et qui aime vraiment le sport.

Nous n'avons rien en commun. Ça n'a pas changé, et ça ne changera jamais.

Mon cœur s'emballe tandis que je fixe ces yeux gris froids qui me donnent des essaims de papillons dans l'estomac.

Quel mal y a-t-il à avoir un rendez-vous ?

— Dimanche, dis-je.

Nous avions parlé de sortir dimanche plus tôt dans la semaine ; le plan tient toujours.

— Je vois Nova pour sa fête d'anniversaire ce week-end, mais je serai chez moi dimanche pour un rendez-vous. Je rentrerai peut-être tard samedi puisque la fête est vendredi soir, mais je ne suis pas sûre de l'heure.

Je me lève et le pousse doucement vers la porte, avec un sourire aux coins de mes lèvres. Le simple fait de penser à un rencard avec lui m'a mise de meilleure humeur.

Je me sens prudemment optimiste.

— Tu vas chez nous ? demande-t-il, sa voix coincée dans sa gorge alors que je le pousse pratiquement dehors.

— Oui, pour l'anniversaire de Nova. Tu te souviens ?

Je souris faiblement en lui faisant signe de partir.

— Ashton t'attend.

Son téléphone vibre à nouveau, comme pour confirmer mes dires.

— C'est vrai, dit Luca en soupirant.

Il a l'air perplexe. Je ne suis pas sûre de savoir pourquoi.

— Bonne nuit, Luca, dis-je en fermant la porte derrière lui.

Je fais volte-face et je foudroie Quinn du regard. Si les regards pouvaient tuer, je serais en train de nettoyer un cadavre à l'instant.

# HUIT

LUCA

Il me serait impossible d'oublier l'anniversaire de Nova. Surtout qu'elle n'arrête pas d'en parler depuis une semaine.

Est-elle enthousiaste ?

Oui.

Je pense que ça a plus à voir avec le fait qu'elle devienne adulte qu'autre chose. Elle n'arrête pas de jacasser sur les universités et comment elle a été acceptée à Evergreen pour le semestre prochain.

Je ne peux pas dire que je suis surpris, vu qu'elle est sur le campus tout le temps. C'est une bonne chose qu'on s'entende bien, sinon je la mettrais à la porte et la dénoncerais pour s'être pointée.

Il n'y a aucune chance que Moreno et Paige sachent qu'elle passe autant de temps ici. Ils ne voudraient certainement pas qu'elle traîne avec des garçons de l'âge universitaire.

D'après eux, elle n'est jamais sortie avec un garçon.

Je sais que c'est faux.

Nova sait garder un secret.

Il s'avère que moi aussi.

La vérité, c'est que je m'entends mieux avec Moreno qu'avec mon propre père, ce qui ne veut pas dire grand-chose, vu que Moreno n'est pas du tout amical ou chaleureux. Je suppose que c'est ce qui arrive quand on abrite la mafia sous un même toit tout en essayant d'élever une famille.

Le résultat : des enfants complètement détraqués.

J'ai évité de rentrer à la maison. À la moindre occasion, je suis resté sur le campus, mais Nova fête ses dix-huit ans chez nos parents et quand j'ai entendu Harper me dire qu'elle y allait, je n'ai pu m'empêcher de penser que c'était *une mauvaise idée*.

J'ai essayé d'envoyer des messages à Nova pour lui suggérer de changer l'endroit. Elle pourrait venir ici pour son anniversaire, laisser les filles dormir sur le sol du salon ou sur le canapé.

La réponse que j'ai reçue était un emoji qui pleure de rire.

Nova est aussi têtue que son père.

Ce qui signifie que je suis en train de faire mon sac pour le week-end avant de partir chez nos parents, le seul endroit où j'avais juré de ne jamais retourner, quoi qu'il arrive.

Ashton frappe à la porte ouverte de la chambre pendant que je fourre les derniers objets dans mon sac de sport.

— Tu es prêt ? me demande-t-il.

Il n'est pas du coin. Il a grandi à Chicago, dans une extension de la famille si l'on veut, pas du même sang mais frères tout de même. La mafia, c'est toujours la famille : soit ils t'aiment, soit ils te tuent.

Il se trouve que nos familles s'entendent suffisamment bien pour ne pas s'entre-tuer. Ça aide qu'on ait grandi dans différentes régions du pays. Il n'y a pas de conflits territoriaux entre frères.

— Ouais, allons-y.

Je ne suis pas ravi de retourner où j'ai grandi, mais Nova y fait sa fête, et la vérité est que Harper y sera, et quelqu'un doit garder un œil sur elle.

———

Nous nous dirigeons vers le quartier où j'ai grandi, et Ashton reste silencieux. Il est venu ici une fois auparavant, quand nous n'étions que des enfants. C'était la première fois que nous nous rencontrions. Je me demande s'il s'en souvient ; nous étions petits.

Je ne vois pas la voiture de Nova dehors, et je ne sais pas comment Harper compte venir ici. J'aurais probablement dû lui proposer de l'emmener, mais ce n'est pas comme si je voulais l'encourager à venir à la fête de Nova.

Ça ne me dérange pas que Nova et Harper passent du temps ensemble. C'est super qu'elles deviennent amies. Ce qui est moins cool, c'est de venir ici avec Harper.

Elle n'a pas la moindre idée sur notre famille, et je n'ai pas l'intention de lui dire que mon père dirige la mafia. Elle n'a aucune raison de savoir le genre d'homme qu'il est, comment il ordonne à ses hommes de tuer ses ennemis et de les voler. Ce n'est pas un type bien.

Maman le tolère uniquement parce qu'elle jure que sa famille n'est pas meilleure, ce qui est révélateur. Je ne les ai jamais rencontrés.

Ils est difficile de croire qu'elle vienne d'une famille mafieuse opposée, mais j'ai fait quelques recherches au collège, et elle ne ment pas. J'ai pensé que Papa les avait peut-être tous fait tuer, mais ils sont toujours là, à semer le chaos et à commettre leurs propres meurtres.

— On dirait qu'on arrive tôt, dit Ashton.

Il a remarqué la même chose que moi : la voiture de Nova n'est pas dehors, et l'entrée principale est plutôt déserte. Si elle recevait des amis, je m'attendrais à voir plus de véhicules dans la cour.

Nous garons la voiture, et j'hésite, tenté de faire demi-tour.

— À quelle heure commence la fête ?

Ashton hausse les épaules et sort du véhicule, pas le moins du monde dérangé par notre arrivée précoce.

Il prend son sac à dos sur la banquette arrière ainsi qu'un sac de voyage.

Je prends mon sac de sport à l'arrière et le jette sur mon épaule. Même si je ne veux pas rester pour la nuit, je sais aussi que si Harper a l'intention de dormir ici, je dois être présent et m'assurer qu'elle est en sécurité.

La soirée sera fraîche, ce qui me donne une idée et aussi une raison de la garder hors de la maison autant que possible.

Je me dirige vers l'arrière. Ashton me suit rapidement, sacs en main, comme si je marchais vers une entrée de service pour pénétrer dans la maison. Il va avoir une surprise, car mon plan est de passer le moins de temps possible près de mon père.

Avec un peu de chance, il sera absent pour affaires cet après-midi et ce soir aussi.

Je n'imagine pas que j'aurai vraiment de la chance.

Je jette mon sac sur la terrasse arrière. Je m'en occuperai plus tard, quand je serai forcé d'entrer dans la maison.

Il y a quelques branches éparses, cassées et gisant sur le sol. Je les rassemble et continue à en chercher d'autres.

— Pose tes sacs près de la porte et aide-moi, dis-je avant de me diriger vers la lisière des arbres et la forêt qui entoure la propriété.

Il y a des clôtures qui sécurisent le terrain, mais la forêt s'étend à perte de vue.

— T'aider ? marmonne Ashton. Qu'est-ce que tu fais ?

— On va faire un feu de camp, dis-je en transportant une bonne pile de branches que je jette dans le foyer en pierre dans l'arrière-cour.

Je me dirige vers la forêt et je ramasse tout le bois cassé et séché pour pouvoir maintenir un feu rugissant. J'en aurai besoin pour garder les filles dehors, surtout qu'il va faire frais.

Ashton ramasse un bâton et le pointe vers moi.

— Tu sais faire un feu ?

— Maman m'a inscrit chez les scouts quand j'étais gamin. Elle pensait que ça m'aiderait si je me perdais dans les bois.

Ashton prend une autre branche du sol.

— Et ton père ?

J'inspire brusquement, ne voulant pas penser à *lui*.

— Il—

— Tu es rentré, dit Dante en sortant sur la terrasse arrière, les yeux plissés face au soleil alors qu'il me fixe. Et tu as amené de la compagnie.

C'est un accueil aussi chaleureux que ce à quoi je m'attendais de sa part. Il n'a jamais été particulièrement affectueux, d'aussi loin que je me souvienne. Difficile de l'être quand on est chargé d'ordonner à des hommes de tuer pour vous.

— Bonjour, monsieur Ricci. J'espère que ça ne vous dérange pas que je sois venu à l'improviste, dit Ashton assez rapidement.

Ses mots se bousculent presque, et je jure que je peux entendre son cœur battre la chamade de l'autre côté de la pelouse.

Je suppose qu'il sait un peu ce que c'est d'avoir un père comme le mien, puisqu'Aurelio dirige la mafia de Chicago. Même si Ashton et son père s'entendent bien, ils se parlent au moins au téléphone une fois par mois.

Mon père ne m'appelle jamais.

Mais s'il le faisait, je ne répondrais pas non plus.

— Tu es rentré !

La voix de ma mère traverse le terrain, son excitation débordante alors qu'elle se précipite dehors pieds nus pour me saluer.

— Tu ne m'avais pas dit que tu venais, mais c'est l'anniversaire de Nova, dit-elle plus à elle-même qu'à moi.

Elle me serre dans ses bras, et pendant une seconde, je me demande si elle va me lâcher un jour.

— C'est bon de te voir, toi et Ashton, dit-elle en regardant mon ami.

Maman a revu Ashton quand nous avons emménagé sur le campus. Elle avait proposé de venir nous aider à déménager des dortoirs, et même si je n'avais pas accepté son offre, elle est quand même venue nous aider. Ce qui signifie qu'elle a surtout transporté quelques cartons d'un endroit à l'autre pour nous.

— Merci, j'étais juste en train de préparer un feu de

camp pour ce soir, dis-je en montrant la pile de bâtons et de branches jetés pêle-mêle dans le foyer.

— Soirée parfaite pour un feu de camp, dit-elle. Je vais demander aux garçons d'apporter suffisamment de chaises et de s'assurer qu'il y ait des ingrédients pour les s'mores.

Les yeux d'Ashton s'illuminent.

— Oh, je n'en ai pas mangé depuis que j'étais enfant.

Maman sourit et me regarde.

— Je peux leur demander d'acheter autre chose au magasin ?

— Il faudrait demander à Nova, dis-je. C'est sa fête.

Elle rit et hoche la tête.

— Je vais voir avec Paige si elle a besoin de quelque chose.

Paige est la mère de Nova et ma tante. Nous avons grandi dans la même maison, sous le même toit. Une grande famille pas si heureuse.

— C'est bon de te voir. Comment vont les études ? demande Maman.

Elle attend un instant avant que Dante ne retourne à l'intérieur.

— Je suis passée cette semaine et j'ai regardé les Narvals.

— Tu n'as pas fait ça, dis-je, mon estomac noué.

Elle m'a vu jouer comme une merde. Merveilleux.

— Dante était là ?

— Ton père n'a pas pu venir, dit Maman. Il avait

d'autres affaires urgentes à régler. Tu sais que je déteste vraiment que tu l'appelles comme ça.

— C'est son nom, non ?

Maman hoche la tête et la secoue, vaincue.

— Oui, j'aimerais juste que vous vous entendiez mieux tous les deux.

— Peut-être que s'il n'était pas un meurtrier...

Je ne termine pas ma phrase car j'aperçois Harper qui remonte la longue allée dans une robe rouge vif.

— Si tu veux bien m'excuser, dis-je en la contournant, sans terminer notre conversation.

— Luca.

Maman m'appelle, mais je l'ignore tandis que je me dépêche de rattraper Harper avant qu'elle ne se dirige vers l'entrée principale et risque de croiser Dante.

Je traverse la pelouse en courant pour m'assurer de la rattraper. La morsure du froid est étonnamment agréable.

— Harper !

Ses yeux s'écarquillent et un léger sourire se dessine sur ses lèvres. Elle porte un sac cadeau dans une main et un petit sac de voyage sur son épaule.

— Laisse-moi t'aider avec ça, dis-je en prenant le plus lourd des deux objets.

Je passe le sac sur mon bras.

— Merci. Je ne m'attendais pas à te voir ici aujourd'hui, dit Harper. Je pensais que tu aurais peut-être un entraînement ou quelque chose.

Je grimace, me demandant si elle fait référence au match merdique que nous avons joué la semaine dernière.

— Je ne manquerais pas l'anniversaire de Nova.

— Même si elle a dit que c'était une soirée pyjama entre filles et que les garçons n'étaient pas autorisés ? plaisante Harper.

Elle sourit, et j'imagine à moitié qu'elle me taquine.

— Eh bien, nous sommes comme une famille, et c'est là où j'ai grandi.

Je montre la propriété, qui ressemble à un manoir. Je n'ai pas encore mis les pieds à l'intérieur, et j'attends jusqu'au dernier moment où je devrai y entrer. Peut-être que je peux convaincre les filles de camper dehors ce soir, et je peux surveiller leur tente, m'assurer qu'elles sont en sécurité.

— Wow, dit Harper, en regardant autour d'elle. C'est magnifique. Que fait ta famille dans la vie ?

La question à un million de dollars.

— Mieux vaut ne pas poser cette question ici, dis-je doucement en la poussant du coude tandis que je la conduis vers l'arrière-cour.

Elle soupire et ses talons s'enfoncent dans l'herbe molle. Je saisis son coude pour la maintenir stable. Ses jambes sont nues, la robe juste au-dessus des genoux. Elle doit geler. Elle n'a même pas pris la peine de boutonner son manteau.

— Tu ne savais pas que la fête serait dehors, n'est-ce pas ?

— Nova ne l'a pas mentionné, dit Harper. J'aurais probablement dû demander. Je suis un peu trop habillée pour une soirée pyjama, mais je viens juste de—

— D'un rendez-vous galant ?

J'espère avoir complètement tort.

Harper secoue la tête et sourit.

— Un entretien pour un stage au semestre prochain.

Et elle a porté *cette* tenue ? C'est sexy, à couper le souffle, et ça la rend canon, et certes, ça pourrait être considéré comme professionnel. Ce n'est pas exactement scintillant ou trop décolleté. C'est juste tellement rouge que ça me crie *chaud et sexy*, mais tout ce qu'elle porte lui va bien.

Je ne l'ai aussi jamais vue en robe avant aujourd'hui, et plus je la regarde, plus j'ai l'impression d'être un taureau prêt à charger.

Ma queue remarque certainement chaque courbe de son corps voluptueux.

— J'ai apporté un pyjama pour ce soir pour me changer, mais j'ai oublié d'emporter d'autres vêtements, à moins que je porte maintenant ma tenue de demain...

Sa voix s'estompe alors qu'elle réalise son erreur. Je lui propose :

— Tu peux emprunter quelque chose à moi.

Les yeux de Harper s'illuminent de soulagement.

— Tu es sûr ?

— Absolument. J'ai un sac de sport à l'arrière. Prends ce dont tu as besoin. Je n'ai pas vraiment apporté de vêtements supplémentaires, mais je me débrouillerai avec ce que j'ai.

— Merci.

— Viens, je vais te faire entrer et te montrer où tu peux te changer, dis-je.

Même si je ne veux pas mettre les pieds à l'intérieur, je sais que c'est inévitable. Et je préfère garder un œil sur Harper, la protéger, plutôt que de laisser quoi que ce soit lui arriver. Non pas que je soupçonne mon père de poser un doigt sur elle.

Il n'est pas ce genre de monstre.

Il ordonne des exécutions et fait faire les meurtres par d'autres hommes.

Je prends mon sac sur le porche arrière et guide Harper à l'intérieur.

— Nova est déjà là ? demande Harper, qui tient toujours le cadeau d'anniversaire.

— Pas encore, dis-je en secouant la tête. Je ne l'ai pas vue, mais je suis sûr qu'elle sera bientôt là.

— Je suis un peu en avance. L'entretien s'est terminé plus tôt que prévu, puis j'ai pris le train plus tôt, et honnêtement, j'espérais juste pouvoir m'asseoir et me détendre quelques minutes avant que toutes ses amies n'arrivent. Parfois je suis nerveuse avec les nouvelles personnes.

Je ne savais pas que Harper avait de l'anxiété. Est-ce pour ça qu'elle ne vient pas aux fêtes que nous organisons ?

— Eh bien, je suis là, dis-je en la guidant à l'intérieur. Je ne suis pas nouveau.

Je lui tiens la porte, et une fois qu'elle est à l'intérieur, je la ferme et la conduis dans le couloir, passant la première porte à gauche et jusqu'à la deuxième porte, qui est la salle de bain des invités.

Je lui offre toute ma garde-robe – mon sac de sport – que j'apporte dans la salle de bain et pose sur le long comptoir du lavabo.

— Prends ce dont tu as besoin. Assure-toi de t'habiller chaudement puisque nous serons dehors un moment. Ashton et moi allons bientôt allumer un feu de camp pour vous les filles.

— Oh, ça semble parfait, dit Harper avec un sourire.

Elle dézippe mon sac et découvre la boîte de préservatifs posée sur le dessus.

— Tu prévoyais quelque chose ? demande-t-elle d'un ton pointu, la tête inclinée alors qu'elle me regarde.

— Mieux vaut prévenir que guérir.

Je ris et recule de la salle de bain, la laissant fouiller dans mon sac pendant que j'attends dans le couloir qu'elle finisse de se changer.

Je m'appuie contre le mur, me réprimandant mentalement d'avoir apporté la boîte entière de préservatifs de chez moi. Un ou deux auraient suffi, car ce n'est pas comme si quelque chose s'était déjà passé entre Harper et moi.

Oui, j'ai voulu que ça arrive. Chaque fois que je plonge dans ses yeux, que je sens son doux parfum, ou que je la frôle, j'ai des pensées lascives d'elle nue en train de se tordre entre les draps. J'ai joué la carte de la lenteur parce que je sais que c'est ce dont elle a besoin, mais c'est atroce et ça me déchire de l'intérieur. Le désir s'accumule comme un volcan prêt à entrer en éruption.

Et je jurerais qu'elle le ressent aussi.

— Luca, dit Moreno en passant, une liasse de papiers entre les mains. C'est bon de te voir à la maison pour l'anniversaire de Nova.

— Je n'aurais manqué ça pour rien au monde, dis-je, affichant un sourire forcé.

Même si j'adore Nova, si Harper n'était pas venue, je ne serais pas ici.

L'année dernière, Nova et moi avons célébré son anniversaire au lac. Je lui ai acheté une nouvelle paire de patins à glace et nous sommes allés patiner. C'était un joli cadeau et un moyen facile de rester loin du manoir. Cette année, je n'ai pas eu cette chance.

— Dante sera ravi de te voir, dit Moreno.

Ses yeux se plissent légèrement, comme s'il réalisait qu'il ne croit peut-être même pas à ses propres paroles.

— Toi et moi savons que ce n'est pas tout à fait vrai.

— Il tient à toi, à sa façon, dit-il.

Il doit défendre Dante. Après tout, il travaille pour lui, il est son bras droit, et il ferait n'importe quoi pour protéger le boss.

— Nous savons tous les deux que je suis devenu une déception pour lui.

Je ne prétends pas le contraire. Ce serait idiot de penser que Dante m'aime. Il aime ma mère, même si je ne comprendrai jamais comment un homme aussi froid que lui peut aimer qui que ce soit. Je croise les bras sur ma poitrine et je m'adosse contre le mur.

La porte de la salle de bain s'ouvre et Moreno jette un coup d'œil à Harper qui en sort. Elle porte mon sweat-shirt de l'Université Evergreen, qui est grand sur elle mais a l'air absolument délicieux, et mon pantalon de survêtement que je prévoyais de porter ici pour dormir. Habituellement, je dors en boxer ou nu, ce qui pourrait finir par arriver après tout.

— Et qui est cette jeune femme ? demande Moreno, un œil curieux levé vers la blonde inconnue puis vers moi.

— Je suis Harper, dit-elle en tendant la main pour se présenter.

— C'est ma petite amie, dis-je en me rapprochant de Harper de manière protectrice.

Même si je ne pense pas que Moreno lui ferait du mal, je ne veux pas non plus prendre de risques. Je sais aussi que les parents de Nova ne sont pas au courant qu'elle passe du temps à l'université avec nous, et j'essaie de lui éviter plus d'ennuis.

Harper intercepte mon regard et me lance un coup d'œil interrogateur.

— Oui, dit-elle sans plus d'explications.

Elle me rend mon sac de vêtements.

— Merci, dit-elle en me fixant, puis elle se penche et dépose un doux baiser sur ma joue.

Si elle accepte de jouer le rôle de la fausse petite amie attentionnée, je pourrais définitivement m'accommoder de ce scénario.

La porte arrière s'ouvre à la volée, et Maman entre en se pavanant avec Nova derrière elle.

— Nova ! s'exclame Moreno, ravi de voir sa fille. Tu rentres tard. Tu as déjà des invités qui sont là pour ta fête.

— Nous sommes à peine des invités, dis-je, juste moi et ma petite amie.

Je prends la main de Harper avant qu'elle ne puisse réfléchir à deux fois à cette situation et j'entrelace nos doigts.

Nova incline légèrement la tête, l'air confuse, et je ne suis pas sûr qu'elle soit bien consciente du jeu auquel nous jouons pour son bénéfice.

— Mon chéri, tu ne m'as pas dit que tu fréquentais quelqu'un, dit Maman, les yeux plein d'enthousiasme alors qu'elle traverse rapidement le couloir en direction de Harper.

Je voudrais m'excuser auprès de Harper, mais les mots ne viennent pas, et à la place, Maman attrape Harper et l'attire dans une étreinte, libérant nos mains.

Le sac de sport entre nous tombe par terre en tas, ce qui reflète assez bien mon état, un peu à côté de la plaque. Et c'est entièrement de ma faute.

Nova s'approche de moi à grands pas et me lance un regard qui dit *qu'est-ce que tu fabriques ? C'est pour de vrai ?*

Je me précipite vers Nova et l'enlace dans une étreinte digne de retrouvailles.

— Ça fait longtemps, dis-je avant de lui chuchoter à l'oreille : J'essaie de te protéger puisqu'ils ne savent pas que tu nous as rendu visite.

— Merci, murmure Nova.

— Nous t'avons apporté un cadeau, dis-je en faisant un signe de tête vers le paquet que Harper tient.

Harper me fusille du regard avant de tendre le sac cadeau à Nova.

— Tu n'as absolument pas aidé pour ce cadeau, me dénonce ma fausse petite amie. Je t'ai demandé ce que je devrais lui offrir, et tu m'as ignorée.

— Ça ressemble bien à mon fils, dit Maman. Venez dans la cuisine. Allons prendre un chocolat chaud.

— Maman, Ashton est dehors, et on devrait bientôt allumer le feu de camp.

— Le feu de camp ? demande Nova en me regardant, confuse.

— Ouais, je sais que tu voulais une soirée pyjama, tu n'as pas arrêté de m'envoyer des messages disant que tu voulais faire une soirée entre filles, et j'ai pensé que ce serait génial de faire un grand feu de camp et peut-être dormir à la belle étoile pour ton anniversaire.

— Il fait un peu froid dehors pour ça, fait remarquer Maman, et je sais qu'elle a raison.

— Je pourrais aller au magasin acheter quelques tentes pour les enfants, propose Moreno.

— Nous ne sommes pas des enfants, souffle Nova. Nous allons profiter du feu de camp et ensuite on pourra s'installer dans ma chambre. Il y a plein d'espace pour la fête. Ember et Violetta ont déjà annulé. Pour l'instant, c'est juste nous trois.

— Quatre, dis-je.

Nova me lance un regard confus.

— Ashton est dehors.

Nova hoche la tête.

— Ah, oui.

Moreno se frotte la mâchoire.

— Si tes amies ne passent pas la nuit, je suis sûr que tes autres invités ne veulent pas tous s'entasser dans ta chambre. Nous allons nous assurer que les chambres d'amis soient prêtes pour ce soir.

— Ce n'est pas nécessaire, dis-je.

— Où est-ce que vous comptez dormir ? demande Maman.

— Après le feu de camp, nous avions prévu de retourner à l'université et de passer la nuit à la maison.

— C'est absurde, dit Maman. C'est chez toi ici.

Moreno s'éclaircit la gorge.

— Alors pourquoi toi et Ashton avez-vous tous les deux apporté des sacs de voyage ?

Son regard seul me rappelle qu'il a gagné sa vie en interrogeant des hommes.

— Nous serions ravis de rester, dit Harper, dissipant la tension avec un sourire.

Elle enroule son bras autour de ma taille et m'attire contre elle.

— N'est-ce pas, bébé ?

Elle se hisse sur la pointe des pieds et dépose un autre baiser doux et chaste sur ma joue.

Elle n'a aucune idée de ce qui se passe, de l'intensité avec laquelle je meurs intérieurement chaque minute sous ce toit qui me rappelle l'enfer dont j'ai été témoin et le bain de sang que j'ai vu. J'ai essayé d'enterrer ça, de passer à autre chose et d'oublier les choses que j'ai vues enfant dans le sous-sol.

Harper n'en sait rien, parce que je ne lui ai jamais dit.

Pourquoi le ferais-je ?

Nous ne sortons pas ensemble. Nous sommes amis, et ce genre de secret n'est pas en sécurité avec une amie. C'est le genre de secret qui peut faire tuer quelqu'un.

Maman nous observe, un sourire chaleureux sur le visage. Je n'en suis pas sûr, mais il semble qu'elle croie à cette mise en scène de petite amie.

Moreno, par contre, semble un peu plus

suspicieux, probablement parce que c'est son travail. Il se méfie de tout le monde.

———

Assis autour du feu de camp dehors sur des chaises de jardin, Harper est à côté de moi. Elle se penche en avant dans sa chaise pour faire griller une guimauve pour des s'mores. J'ai envie de l'attirer sur mes genoux, de la faire s'asseoir avec moi, mais nous ne sommes que tous les quatre dehors, et je doute qu'elle serait à l'aise de jouer la *fausse petite amie* à l'extérieur.

— Je suis désolée que tes autres amies n'aient pas pu venir, dit Harper. Mais je suis là, et je suis prête à faire tous les trucs fous de soirée pyjama que tu veux encore faire. Coiffure. Manucure—

— Bataille d'oreillers, lance Ashton avec un sourire narquois.

— Je vais te lancer un oreiller à la figure, dit Nova en lui tirant la langue. Les garçons sont toujours si pervers !

— Pas tous les garçons, dis-je. Juste ceux de l'équipe de hockey, alors reste loin d'eux.

Nova lève les yeux au ciel.

— Je sais. Tu as bien précisé de ne sortir avec personne de ton équipe, tes colocataires, personne que tu connais. Eh bien, devine quoi ? Le semestre prochain, je serai à Evergreen avec toi.

Je grogne. Rien que de penser à elle en train de draguer quelqu'un me donne la chair de poule.

— Fais-moi plaisir et préserve-toi jusqu'au mariage.

Harper rit.

— Bien sûr, parce que c'est exactement ce que tu as fait. Vous êtes tous pareils, de vrais hypocrites.

Les sourcils froncés, je me redresse sur mon siège et me tourne vers Harper.

— Pourquoi est-ce que tu penses ça ?

— Oh, comme si tu n'avais pas couché avec toutes les filles du campus ?

Elle me fixe, attendant que je la contredise, et le truc, c'est qu'elle a raison.

J'ai couché avec pas mal de filles, aucune récemment puisque j'ai des vues sur Harper, mais en première année, je me suis certainement bien amusé.

Je réplique en la fixant :

— Pas toutes. Il y en a une que j'aimerais bien baiser.

Elle me lance un regard noir et plonge sans cérémonie sa guimauve dans le feu.

— Oh, merde, jure-t-elle alors que celle-ci tombe dans les flammes.

Elle retire brusquement la brochette vide du feu et la pointe vers moi.

— Tu es distraite ?

Je ris et me penche en arrière, faisant attention à ne pas me faire poignarder par la brochette brûlante.

— Alors, vous sortez vraiment ensemble, ou quoi ? demande Nova en prenant une autre guimauve dans le sac.

Elle aide à la mettre sur la brochette pour Harper, ce que j'aurais été ravi de faire si elle ne pointait pas cette tige brûlante vers moi.

— Merci, dit Harper en faisant griller sa deuxième guimauve de la soirée.

Heureusement qu'il y a un sac entier et tout neuf de guimauves géantes, parce que j'ai le sentiment qu'on va en utiliser pas mal ce soir.

Nova prend une guimauve pour elle-même et enfourne la friandise entière dans sa bouche sans la faire griller. Cette fille n'a aucune patience.

— Tu ne les fais pas griller d'abord ? demande Ashton, un sourcil haussé vers Nova.

Nova hausse les épaules.

— Je pourrais, mais ça prend trop de temps.

Ashton secoue la tête, se lève et prend une autre brochette. Il enfile trois guimauves sur le bâton avant de le tenir juste au-dessus du feu.

— Tu les aimes grillées comment ?

— Pas brûlées, dit Nova. Ne fais pas comme Harper en les cramant complètement.

— J'ai été distraite, se défend Harper.

— Ce qui nous ramène à la question, est-ce que vous sortez ensemble ? demande Nova, regardant tour à tour Harper et moi.

— On ne peut pas vraiment sortir avec un mec s'il

ramène ta colocataire chez toi et l'embrasse devant ta chambre, dit Harper.

Ma mâchoire se crispe. Merde. Elle est toujours en colère pour ça ? Je pensais qu'on avait dépassé ce qui s'est passé l'autre soir.

Les yeux d'Ashton s'écarquillent.

— Tu ne m'as pas dit que tu avais embrassé Quinn.

— Quinn, ok, dit Nova, répétant son nom, et tu la connais ?

Elle regarde Ashton, confuse.

— J'étais dans la voiture à attendre que ce crétin me ramène.

— Je parie que tu ne me redemanderas pas de te ramener après un match, dis-je.

Ce n'est pas censé être dur, mais ça sort certainement comme tel. Je suis énervé que Harper ait mentionné Quinn, et encore plus contrarié qu'Ashton ait dû poursuivre la conversation au lieu d'être un ami et d'aider à me défendre pour clarifier ce qui s'est passé. Il était là après le match. Il l'a vue dehors dans le froid. Étais-je censé la laisser mourir de froid ?

— S'il vous plaît, ne vous disputez pas le jour de mon anniversaire, dit Nova en me fixant de ce regard qui pourrait briser des cœurs.

— On ne se dispute pas, dis-je.

— On aurait pu s'y tromper, lance Ashton. Alors, vous ne sortez pas ensemble ?

Il regarde de Harper à moi, et je jure qu'il y a une

lueur dans son regard, comme s'il se sentait plein d'espoir.

Je me lève, prêt à défendre le fait que Harper est *à moi*. Même si nous ne sortons pas ensemble, il n'y a aucune chance qu'Ashton pose ses mains sur elle.

— Assieds-toi, me gronde Harper, et je jure que je peux voir de la vapeur émaner d'elle.

Ou peut-être est-ce le feu qui souffle dans sa direction. C'est peut-être un peu des deux, en fait.

— On prend les choses à un rythme glacial, explique Harper, son ton beaucoup plus calme que son coup de gueule de quelques secondes plus tôt.

— C'est un euphémisme, dis-je.

Même si elle a raison, glacial semble bien décrire notre style de relation, si on peut appeler ça comme ça. Nous nous sommes embrassés, et c'était tout ce que j'aurais pu imaginer, mais tellement mieux. Et j'en veux plus. Je sais qu'elle aussi, alors qu'est-ce qui la retient ?

— Peut-être que si tu n'avais pas embrassé Quinn, ce ne serait pas si glacial, dit Nova d'un ton cinglant.

Je n'arrive pas à croire que Nova défende Harper au lieu de moi. Elle devrait savoir que je n'ai pas ramené Quinn ou qui que ce soit d'autre ce semestre. Elle vient assez souvent pour voir que la seule fille avec qui je traîne est Harper.

— Je protège juste mon cœur, chuchote Harper.

Mais je l'entends, et je suis presque sûr que tout le

monde autour du feu de camp a capté son murmure avec le vent.

— Luca ne te fera pas de mal, dit Nova, sa voix tout aussi douce, et s'il le fait, je le tuerai moi-même pour toi.

Ma petite sœur me lance un regard noir.

— Message reçu, dis-je en libérant un profond soupir.

— Hé, petit ami, me taquine Harper.

Elle me tend la brochette chaude qui plane au-dessus du feu avec la guimauve qui grille lentement.

— Ta mère a parlé de chocolat chaud. Tu crois que je pourrais aller en faire à l'intérieur ?

Elle se lève et s'étire les jambes pendant que je prends la tige métallique qu'elle tenait et continue de faire griller sa guimauve.

Je ne veux vraiment pas qu'elle aille seule à l'intérieur de la maison.

Je fais un signe vers la guimauve et demande :

— Ça peut attendre que ce soit fini ? Juste une minute. Ensuite, j'irai à l'intérieur avec toi, et on pourra faire du chocolat chaud ensemble.

— Comme c'est romantique, nous taquine Nova, mais c'est mon amie et c'est moi qui ferai du chocolat chaud avec elle.

Elle se lève et fait signe à Harper de la suivre dans la maison.

Je la menace d'un ton joueur :

— Je vais manger ta guimauve quand elle sera prête.

Harper hausse les épaules.

— Il y en a d'autres. J'ai vu l'énorme paquet. Je ne m'inquiète pas.

Elle suit Nova à l'intérieur, et je retiens momentanément mon souffle alors que je les regarde entrer dans la propriété.

— Ça va ? demande Ashton.

Nous ne sommes plus que tous les deux dehors, même si nous ne sommes jamais vraiment seuls. Il y a des caméras autour de toute la maison, à l'intérieur comme à l'extérieur.

— Bien, dis-je, mentant à Ashton.

Je ne peux pas lui expliquer ; il ne comprendrait pas. Certes, son père est dans la mafia, mais il a parlé de suivre ses traces quand il aura terminé ses études, pour travailler dans l'entreprise familiale. C'est pour ça qu'il est à l'université, avec une spécialisation en criminologie et des cours de comptabilité judiciaire. Tout ça me semble ennuyeux à mourir.

Moins de deux minutes plus tard, j'entends le bavardage des filles et je jette un coup d'œil par-dessus mon épaule alors qu'elles approchent.

— C'était bizarre, dit Nova.

— Est-ce qu'il est toujours comme ça ? demande Harper, les sourcils froncés tandis qu'elles reviennent vers le feu.

Harper se rassoit à côté de moi et tend la main

pour récupérer la broche avec une guimauve parfaitement grillée qui l'attend.

Sauf que je décide d'être un peu emmerdeur et je retire la guimauve que j'amène à mes lèvres.

— Hé ! C'est la mienne !

Ses yeux s'écarquillent d'horreur.

— Je t'ai dit que si tu me la laissais, j'allais la manger.

J'enfourne la friandise collante dans ma bouche avant qu'elle ne puisse me l'arracher.

Les yeux de Harper se plissent et elle grimpe sur ma chaise en m'enjambant.

Surpris par ses mouvements, ma main lâche la broche chaude qui tombe au sol. De toute façon, je n'en ai plus besoin. La main qui tenait la guimauve est arrachée de mes lèvres alors qu'elle essaie d'attraper la friandise moelleuse, mais c'est trop tard. Elle est déjà dans ma bouche.

— C'est *ma* guimauve, fulmine Harper.

Sa langue jaillit pour goûter la substance collante au coin de mes lèvres avant de combler la distance.

Ma bouche est complètement pleine de guimauve chaude et collante, et elle me griffe comme une bête prête pour sa proie.

Bon sang, si j'avais su qu'elle avait un faible pour les guimauves grillées, je l'aurais taquinée avec plus tôt.

Sa bouche caresse la mienne et sa langue force mes lèvres à s'écarter alors qu'elle tente de voler un morceau. Le baiser n'est ni doux ni sucré. Il est brutal et alimenté par la détermination. Elle veut ce qui est à moi.

J'agrippe ses hanches pour la tirer plus près et la serrer contre moi. A-t-elle la moindre idée de ce qu'elle me fait ?

La voix de Dante résonne soudain derrière moi :

— Personne ne rentre jusqu'à ce que Moreno ou moi vous disions que c'est l'heure. C'est clair ?

Harper recule immédiatement, mais elle reste sur mes genoux, mes mains la maintenant contre moi.

Quand diable est-il sorti ?

— On sait, dit Nova avec un soupir exaspéré. Tu nous as déjà chassées quand on préparait du chocolat chaud.

Il y a une pointe d'insolence dans son attitude, et je ne peux pas dire que je la blâme.

Je suis toujours insolent avec Dante.

Il n'y a qu'une seule raison pour laquelle Dante nous garderait hors de la maison, et c'est parce que des problèmes se préparent à l'intérieur.

— Je suis venu ici pour m'assurer que le message était clair pour tout le monde, dit-il.

— Compris, monsieur, dit Ashton.

— Fils ?

Ça me fait mal de l'entendre m'appeler *comme ça*. Je grimace.

— Ouais, je t'ai entendu, Dante.

Il déteste quand je l'appelle comme ça. Dante est

mon père biologique. Ce n'est pas comme s'il était mon beau-père, et il y a eu plus de fois que je ne peux compter où il m'a réprimandé ou crié dessus pour ne pas lui avoir montré le respect qu'il mérite. J'attends de subir une autre réprimande cinglante. Il ne m'a jamais maltraité physiquement. Il n'a pas besoin de le faire pour que je sache que c'est un monstre.

Dante secoue la tête.

— Je n'ai pas le temps pour tes conneries, marmonne-t-il avant de retourner à l'intérieur de la propriété.

La porte coulissante en verre se ferme avec un bruit sourd retentissant, et je peux pratiquement entendre les rideaux se fermer de l'intérieur, pour garder tous les regards indiscrets à l'écart.

Harper se recule, mais je garde mes mains sur ses hanches pour la maintenir en place. Elle hausse un sourcil vers moi.

— Le spectacle de la petite amie est terminé, ton père est de retour à l'intérieur. D'ailleurs, tu as oublié de mentionner qu'il est bizarre.

— Pourquoi penses-tu que je l'évite comme la peste ?

— Ouais, c'est pour ça, dit Ashton en roulant des yeux.

Je lui lance un regard pour qu'il se taise. Je n'ai pas besoin d'inquiéter Harper ou de l'impliquer davantage qu'elle ne l'est déjà. Le fait que Dante soit sorti pour nous dire de rester en dehors de la maison me dit tout ce que j'ai besoin de savoir.

Ils amènent quelqu'un pour l'interroger.

Mon estomac se soulève rien qu'en pensant au pauvre diable qui a trahi la famille Ricci. J'espère qu'il n'est pas père ou marié. S'il a de la chance, peut-être que personne ne remarquera ou ne se souciera de sa disparition.

Il est peu probable qu'il rentre chez lui.

Moreno et Dante ne prennent pas de prisonniers pour se divertir. Ils interrogent parce qu'ils ont besoin d'informations, et quand ces informations sont obtenues, ces hommes ne leur sont plus d'aucune utilité.

— Je n'arrive pas à croire qu'on nous ait mis dehors pendant ma propre fête d'anniversaire, dit Nova, gémissant à voix basse.

— Peut-être qu'ils te préparent un gâteau d'anniversaire et ne veulent pas gâcher la surprise en te laissant le voir avant qu'il ne soit prêt ? lance Harper.

Je glisse une mèche de cheveux derrière son oreille et mon pouce caresse sa joue.

— C'est mignon, dis-je dans un murmure.

*Mais complètement naïf.*

Harper sourit et hausse les épaules.

— Je suis contente que tu m'aies donné ton sweat. Il fait un froid glacial ici !

— Je connais quelques façons de te réchauffer, dis-je d'un ton suggestif.

Elle me frappe le bras et descend de ma chaise, avant de saisir le bâton pour ajouter une autre guimauve à faire griller. Harper se rassied sur sa propre chaise et la rapproche légèrement du feu pour se tenir au chaud.

Je me lève pour attraper quelques bûches supplémentaires que je jette soigneusement dans le feu pour l'entretenir. Il fait frais dehors. Heureusement, j'étais déjà habillé chaudement avant d'arriver au manoir.

Ashton s'éclaircit la gorge et regarde tour à tour Harper et moi.

— Ce petit numéro avec la guimauve à l'instant, c'était entièrement une mise en scène pour son père ? demande-t-il.

C'est certainement une question qui me tourmente en ce moment. Je dois reconnaître à Ashton le mérite de l'avoir soulevée.

— Tu as dit que j'étais ta petite amie, me sourit Harper. Je ne faisais que jouer mon rôle.

Nova éclate de rire.

— Bien sûr, continue de te dire ça, Harper.

Harper plisse les yeux.

— Je croyais que tu étais de mon côté, *amie*.

Ma petite sœur lève les bras au ciel.

— Trêve. Ne m'oblige pas à choisir un camp. C'est *mon* anniversaire, tu te souviens ?

— Ok.

Harper rit.

— Tu vas ouvrir ton cadeau d'ailleurs ?

Elle désigne le sac posé aux pieds de Nova.

— Oh, bien sûr ! D'habitude on fait ça après le gâteau, mais qui sait quand on aura le dessert.

Nova prend le sac et le pose sur ses genoux. Elle saisit d'abord la carte et l'ouvre. Il fait déjà nuit, alors elle prend son téléphone et active la lampe torche pour pouvoir lire la carte.

— C'est mignon.

— Tu comptes partager avec le groupe ? demande Ashton, attendant qu'elle lui tende la carte pour que tout le monde puisse la lire.

Nova rit.

— Non ! Quand ce sera ton anniversaire, tu pourras lire ta propre carte.

Ses mains plongent dans le sac et en sortent un adorable narval en peluche, et je ne peux m'empêcher de me demander si elle l'a choisi parce que c'est la mascotte de mon équipe.

Mon cœur se gonfle de fierté.

— Oh mon Dieu ! Est-ce qu'il n'est pas adorable ? s'exclame Nova en le portant à son visage pour frotter sa corne. J'ai tellement hâte d'y être le semestre prochain !

— Il y a aussi une carte-cadeau, dit Harper en désignant le sac.

Les yeux de Nova s'illuminent davantage. Elle tâtonne dans le sac, la trouve et l'examine avec la lampe torche.

— Oh, une librairie ! Super ! On y va demain matin première heure pour que je puisse m'acheter un nouveau livre.

Son enthousiasme est contagieux.

— Ok, dit Harper en souriant. On peut faire ça.

— Qu'est-ce que tu m'as offert ? demande Nova en se tournant vers moi.

— Il t'a probablement apporté son linge sale, plaisante Ashton en se levant. Mon cadeau est dans mon sac. Donne-moi une seconde pour aller le chercher.

Il se dirige vers la maison, mais ses sacs sont encore dehors sur le porche. Il fouille dedans et, une minute plus tard, il revient avec une boîte emballée.

Merde.

Je me frotte la nuque, mal à l'aise.

Je n'ai pas eu le temps d'acheter un cadeau à Nova, non pas par manque d'envie, mais entre les cours et les entraînements de hockey, je n'ai pas vraiment quitté le campus. Si j'avais anticipé, j'aurais pu lui commander quelque chose... mais elle n'a pas été ma priorité ces derniers temps.

Je trouverai quelque chose avant la fin de la soirée. Je peux toujours demander à Moreno de passer au magasin pour acheter quelque chose si je lui donne de l'argent. Ce ne serait pas la première fois qu'il fait une course pour un cadeau de dernière minute.

Les yeux de Nova s'illuminent tandis qu'Ashton

apporte une boîte assez petite pour tenir dans son sac à dos mais pas assez minuscule pour contenir un bijou.

Dieu merci.

J'aurais fait une crise s'il lui avait acheté un bijou.

C'est un cadeau bien trop intime à offrir à Nova.

Ashton tend le cadeau emballé à Nova.

— Joyeux anniversaire, dit-il en lui souriant.

Ses yeux se plissent de joie quand elle prend le cadeau et le porte à son oreille en le secouant doucement.

— Ce n'est pas un chiot.

Ashton rit en rejetant sa tête en arrière.

— Certainement pas un animal.

Je demande :

— Tu vas l'ouvrir ou nous laisser tous en suspens ?

Nova me lance un regard étrange puis secoue la tête, chassant quelle que soit la pensée qui lui a traversé l'esprit. Elle ne dit rien et déchire simplement le papier d'anniversaire de la boîte pour révéler une boîte marron.

Elle hausse un sourcil interrogateur et ouvre la boîte, puis en sort une palette de fards à paupières et un parfum.

— Oh mon Dieu. C'est magnifique !

Elle pousse un cri de joie puis sort le parfum de sa boîte, défaisant l'emballage pour sentir le flacon.

— Merci, Ashton !

Son enthousiasme déborde d'allégresse.

— Tu lui as acheté du maquillage, dis-je, ne

sachant pas trop quoi penser du cadeau qu'il lui a offert.

— J'adore ! s'exclame Nova avec joie.

— Je ne savais pas que tu portais du maquillage.

Je la regarde, surpris.

— Il y a beaucoup de choses que tu ne sais pas, dit Nova en haussant les épaules. Tu es tout le temps avec ta *fausse petite amie*.

— On étudie souvent ensemble, dit Harper.

Elle retire soigneusement la guimauve de son bâton et en prend une bouchée, les yeux fermés dans un parfait état de béatitude.

Elle est sexy en diable.

Il me faut toute ma volonté pour ne pas m'approcher et capturer sa bouche avec la mienne, l'embrasser, la goûter et dévorer cette guimauve en même temps qu'elle.

Putain.

Quand est-ce que je suis tombé aussi désespérément amoureux de Harper McKenna ?

— Tu me fixes, marmonne Harper, la guimauve dans la bouche alors qu'elle surprend mon regard posé sur elle.

# NEUF

HARPER

— Quand est-ce que je peux ouvrir mon cadeau de ta part ? demande Nova, son regard intense alors qu'elle attend que Luca lui remette son présent.

J'ai la nette impression qu'il ne lui a pas apporté de cadeau, ce qui semble assez inhabituel de la part de Luca. Peut-être l'a-t-il laissé sur le campus et il est gêné de ne pas l'avoir avec lui ?

— Plus tard, dit-il avec un sourire narquois.

Nova gémit et lève les yeux au ciel. Une réaction typique d'adolescente.

— Peu importe. Tu n'étais même pas invité à ma fête d'anniversaire. C'était censé être entre filles seulement. Tu te souviens ?

— Je trouve ça sympa que Luca et Ashton aient décidé de se joindre à nous, dis-je pour essayer d'apaiser la tension montante.

Je ne souligne pas que ses amies se sont désistées à la dernière minute, et que sans la décision des garçons de venir passer la nuit ici, nous n'aurions été que toutes les deux.

Et puis, le feu de camp était une bonne suggestion.

Je m'étire sur ma chaise de jardin, j'ai besoin de bouger. Mes jambes commencent à me faire mal, et mes fesses sont douloureuses et un peu engourdies d'être restée assise si longtemps. C'est peut-être aussi le froid qui me gagne. Je ne suis pas fan de l'hiver.

Je garde mes mains enfouies dans le sweat que je porte. Il a distinctement l'odeur de Luca, et j'essaie de ne pas le renifler trop fort, sinon il le remarquera probablement et me taquinera pour ma bizarrerie.

Il sent comme lui, cependant, et je déteste admettre que ça me plaît, beaucoup.

— Ça va ? me demande Luca.

Il lève les yeux vers moi alors que je me tiens au-dessus de lui, à piétiner sur place.

Il est assis sur la chaise de jardin et profite de la chaleur du feu.

— Oui, c'est juste que j'ai besoin d'aller aux toilettes. Tu crois qu'ils m'en voudront si je me faufile à l'intérieur ? Je veux dire, s'ils préparent une surprise pour Nova, c'est probablement juste elle qu'ils veulent tenir à l'écart de la maison.

Luca s'éclaircit la gorge, ses yeux s'écarquillent, et il se lève.

— Tu ne peux pas simplement faire irruption dans la maison.

Je ne comprends pas pourquoi c'est si grave. Ce n'est pas comme si nous n'étions pas déjà allés à l'intérieur plus tôt.

— Il faut que je fasse pipi. Soit je le fais ici dehors, soit à l'intérieur.

Ashton et Luca échangent un regard.

— Quoi ?

Je les regarde tour à tour. Qu'est-ce qu'ils ne me disent pas ?

— D'accord, je vais t'accompagner à l'intérieur, dit Luca en prenant mon bras pour me guider vers la maison.

— Je peux trouver les toilettes toute seule, dis-je sans comprendre la raison de tout ce cinéma.

Luca m'accompagne jusqu'à la terrasse alors que nous approchons de la porte.

— Ouais, eh bien, ils nous ont demandé de ne pas entrer jusqu'à ce qu'ils soient prêts pour nous, me rappelle-t-il.

Il frappe à la porte vitrée puis commence à l'ouvrir lentement quand un homme apparaît de l'autre côté du rideau fermé.

Je ne reconnais pas l'homme, mais il est grand, un peu trapu et chauve. Il porte un pantalon noir et, alors qu'il ouvre davantage la porte, je réalise qu'il est un costume.

Luca se penche pour lui murmurer quelque chose, et l'homme me regarde.

Il n'est pas vraiment habillé comme un majordome, mais je n'arrive pas à comprendre pourquoi il se tient à la porte arrière, vêtu d'un costume noir, ressemblant plus à un garde du corps qu'à autre chose.

— Je dois faire pipi, dis-je, interrompant l'échange discret entre Luca et l'homme mystérieux à la porte arrière. Vous pouvez me laisser entrer, ou vous préférez que j'aille faire pipi sur la pelouse comme un animal ?

Je plaisante, mais l'homme ne rit pas, et Luca, je jure, force un sourire.

— Elle rigole. Mais elle a vraiment besoin d'utiliser les toilettes.

Le garde du corps s'éclaircit la gorge, jette un coup d'œil par-dessus son épaule et grommelle.

— Fais vite. Ton père aura ma tête s'il te voit à l'intérieur.

L'homme mystérieux ouvre davantage la porte arrière, nous accordant l'entrée.

Luca attrape mon bras et me précipite dans le couloir. Il court pratiquement vers la salle de bain.

— Ralentis ! Je ne vais pas réellement me faire dessus.

J'ai vraiment besoin d'y aller, mais je peux marcher jusqu'aux toilettes comme une personne normale. Je n'ai pas besoin de courir comme une enfant en plein apprentissage de la propreté.

Luca ne dit rien et se contente de me conduire aux toilettes sur la gauche. Il ouvre la porte, allume la lumière et la ventilation, et me pousse pratiquement à l'intérieur.

— Fais vite, répète-t-il.

— D'accord. Je vais faire pipi rapidement, juste pour toi.

Je ferme la porte de la salle de bain et fais ce que j'ai à faire, soulagée de pouvoir enfin m'asseoir sur des toilettes. Et ce sont des toilettes chaudes. L'appareil a même une fonction de chauffage.

— Chic, dis-je en terminant avant de me laver les mains.

Je jette un coup d'œil à mon reflet dans le miroir.

Mes joues sont rosies par le froid, tout comme mon nez.

— On dirait Rudolph.

Je ferme le robinet et me sèche les mains.

Je déverrouille la porte de la salle de bain et l'ouvre.

— Tu veux y aller ? C'est sympa là-dedans, siège de toilette chauffant et tout.

Je pointe derrière moi.

Luca secoue brusquement la tête.

— Retournons dehors.

Il se place à côté de moi, sa main dans le bas de mon dos alors qu'il commence à me diriger dans le couloir, vers le chemin par lequel nous sommes entrés à la hâte.

— On peut prendre du chocolat chaud, s'il te plaît ?

Je m'arrête près de l'entrée de la cuisine. La fenêtre donne sur le jardin, mais les stores sont fermés, et je ne peux pas voir le feu de camp depuis l'intérieur.

— Il commence à faire froid dehors. Mes doigts auraient vraiment besoin d'une tasse chaude pour les aider à rester au chaud.

— Bien sûr, dit-il avant de déposer un baiser sur ma joue.

Ce geste chaleureux envoie des picotements dans tout mon corps. Je regarde autour de moi, et il n'y a que le mystérieux garde du corps qui se tient près de la porte. Ses parents ne sont nulle part en vue.

Je lève les yeux au ciel et demande :

— C'était pour quoi, ça ?

— J'ai besoin d'une raison pour t'embrasser ? répond Luca.

Il me sourit et mon ventre s'agite de mille papillons à la fois.

— Je vais mettre l'eau à chauffer et tu peux aller tenir compagnie à Nova dehors. Je suis sûr qu'elle meurt d'ennui toute seule avec Ashton.

Il me conduit à la porte arrière et le garde du corps l'ouvre pour me laisser sortir.

— Bizarre, dis-je dans un murmure pour moi-même.

Je me dirige vers le feu de camp et je manque de trébucher sur mes propres pieds, mais heureusement je réussis à me rattraper avant de m'étaler face contre terre sur la pelouse.

Ça aurait été embarrassant.

— Où est Luca ? demande Ashton en me regardant.

— Il fait chauffer de l'eau pour préparer du chocolat chaud.

Je me rassieds sur ma chaise de jardin à côté de Nova. Elle me tend le sac de guimauves.

— Le chocolat chaud doit avoir des guimauves. Celui dans la maison manque de l'ingrédient essentiel, dit Nova.

———

Une fois que Nova se lasse du feu de camp et qu'on nous invite à rentrer pour le gâteau, Luca sort un cadeau emballé de façon hasardeuse dans du papier d'anniversaire. On dirait même qu'il a utilisé deux rouleaux différents. C'est une énorme boîte, et je ne sais pas vraiment quand il l'a rentrée. Il a dû le faire quand nous avions clairement le dos tourné.

— Désolé, j'étais à court de papier cadeau. Le rouleau du magasin discount n'était pas complet.

Nova rit et hausse les épaules.

— Tu crois que le papier m'importe ? C'est énorme ! Qu'est-ce que c'est ?

— Ouvre-le, dit Luca en s'adossant contre le mur de la cuisine.

J'aurais juré qu'il ne lui avait rien acheté, mais peut-être qu'il cachait son cadeau depuis le début ?

Ses deux parents sont dans la cuisine. Paige sirote un verre de vin, et Moreno ne cesse de jeter des coups d'œil à son téléphone, visiblement distrait par quelque chose – son travail, je suppose. Il porte toujours son costume. On dirait qu'il n'a pas encore quitté le bureau, et il est déjà plus de vingt-deux heures.

J'en suis à ma troisième tasse de chocolat chaud, et il est absolument délicieux. Je jurerais que Luca y a mis quelque chose qui me donne envie d'en reprendre.

Nova déchire le papier cadeau de la boîte en carton. Elle ouvre la boîte d'un coup sec et en sort du papier de protection, cherchant son cadeau à l'intérieur. La boîte est énorme, haute jusqu'aux genoux, et la quantité de papier n'en finit pas de sortir.

— Tu as oublié le cadeau ? demande Nova.

Luca sourit.

— C'est deux cadeaux en un. Une boîte de déménagement.

Nova plisse les yeux.

— Je ne comprends pas.

Paige sourit, comme si elle était dans la confidence, ou peut-être qu'elle a une petite idée de ce que Luca lui a offert.

— Puisque tu vas étudier à Evergreen le semestre prochain, tu auras une place où loger avec nous. Jessie obtient son diplôme plus tôt, et quand il partira, il y aura une place pour que tu t'installes cet hiver, si tu veux vivre avec nous.

Les yeux de Nova s'écarquillent et elle fait un pas en arrière, visiblement touchée.

— Attends. Tu veux que j'emménage dans votre maison dégueulasse ? Pas question !

Son nez se plisse de dégoût.

— Vous ne nettoyez jamais, les mecs. Je ne vais pas m'installer pour devenir votre femme de ménage ou je ne sais quoi. Pire cadeau de tous les temps, Luca.

Elle lève la main et lui fait un doigt d'honneur.

— Nova ! la réprimande Paige.

Moreno ignore tout l'échange, occupé à écrire des messages sur son téléphone alors qu'il est physiquement présent dans la cuisine, mais mentalement, il est à des milliers de kilomètres.

Est-ce que les parents de Luca sont comme ça aussi ? Il semble certainement plus proche de sa mère que de son père, du moins d'après les brèves rencontres dont j'ai été témoin aujourd'hui.

— Continue à chercher. Il y a une carte-cadeau au fond, dit Luca.

Nova lève les yeux au ciel et soulève toute la boîte, puis la retourne et laisse tomber tout le contenu sur le sol de la cuisine. Elle fouille dans le papier et trouve finalement une petite enveloppe avec une carte-cadeau à l'intérieur.

Elle déchire l'enveloppe et pousse un cri aigu.

— Bon sang ! Deux cents dollars pour une journée spa ! s'écrie-t-elle avec joie.

— Je me suis dit que tu pourrais emmener ta nouvelle meilleure amie avec toi, dit Luca en me faisant un signe de tête.

— C'est vraiment gentil de ta part, dis-je en prenant sa main et en la serrant.

Non pas que je m'attendais à être incluse dans le cadeau journée spa, mais c'est clair qu'il a dépensé pas mal pour son anniversaire. Sans parler de l'invitation à vivre avec lui. Même si je ne la blâme pas d'être dégoûtée à l'idée de vivre avec son frère et ses coéquipiers.

Je ne suis pas tout à fait sûre qu'il ait vraiment réfléchi à ça, à moins qu'il n'espère garder un œil sur elle. Il a clairement fait comprendre à ses coéquipiers qu'elle était hors limites. J'ai entendu comment Luca parle ; il est protecteur envers Nova.

C'est vraiment mignon.

— Joyeux dix-huitième anniversaire, Nova, dit-il. Je suis vraiment content que tu nous rejoignes le semestre prochain à Evergreen.

Elle jette ses bras autour de Luca, clairement ravie de son cadeau, du moins du forfait spa.

Paige et Moreno sourient et se regardent. Il a enfin lâché son téléphone, pour le moment.

— Nous avons aussi un cadeau pour toi, ma chérie, dit Paige.

— Pourquoi est-ce que vous ne viendriez pas

dehors un instant ? dit Moreno en faisant signe à tout le monde de le suivre dans le couloir principal jusqu'à l'entrée.

La maison est immense. Elle a trois étages et elle est visiblement bien entretenue. Elle pourrait facilement abriter plusieurs familles, ce qui, apparemment, est le cas, puisque Nova et Luca y ont grandi ensemble.

Je trouve ça un peu étrange, surtout puisqu'ils ne sont pas de la même famille. C'est du moins ce que Luca a mentionné. Mais peut-être que Moreno et Paige sont apparentés à ses parents et que Nova est adoptée ? J'essaie de comprendre leur arbre généalogique, mais j'abandonne rapidement. À quoi bon ? Pourquoi est-ce que ça importe ? Si ça marche pour eux, ainsi soit-il.

Nous nous dirigeons vers la porte d'entrée, et Nova l'ouvre d'un coup sec.

Moreno tend à Nova un trousseau de clés de voiture pour une petite citadine argentée à deux portes.

— Joyeux anniversaire.

— Vous m'avez offert une voiture !

— Content de ne pas avoir eu à venir après *ça*, murmure Luca à mon oreille.

———

Nova est assise en face de moi sur le sol de sa chambre, avec un assortiment de vernis à ongles offrant des dizaines de choix allant des paillettes au gel et tout ce qu'il y a entre les deux. J'ai fini de peindre mes doigts et mes orteils.

Les garçons sont installés sur son lit au-dessus de nous. J'attrape la jambe de Luca et je descends sa chaussette en tirant dessus.

— Qu'est-ce que tu fais, Harper ?

Il me lance un regard noir parce qu'il doit déjà savoir ce que je prévois de faire.

— Je te fais une pédicure. Détends-toi, dis-je en souriant à Nova. Quelle couleur lui irait, à ton avis ?

Je brandis deux flacons dans une main, bleu et violet, et je les montre à Nova.

— Définitivement le violet, dit-elle avec un petit rire.

— Certainement pas ! grogne Luca alors que mes doigts tâtonnent le vernis à ongles.

Heureusement, les deux bouteilles sont bien fermées.

Mes doigts restent fermement enroulés autour de sa cheville.

— Donc, ce sera le bleu.

— Laisse-les faire, dit Ashton en faisant un geste vers nous deux sur le sol. Ce n'est pas comme si quelqu'un regardait tes pieds.

— Je regarde mes pieds, moi ! dit Luca, comme si c'était une explication suffisante pour nous arrêter.

Nova termine le dernier de ses propres orteils et pointe Ashton.

— Quelle couleur ce sera ?

Il expire doucement, et son regard parcourt les couleurs étalées sur le sol.

— Colore mes orteils comme les Narvals.

Il sourit fièrement.

— Bleu et blanc. Compris.

Nova prend les deux couleurs.

— Je vais peindre tes orteils en bleu, puis ajouter quelques touches de blanc.

— Tu te rends compte que personne ne verra jamais ça ? dit Luca en regardant fixement Nova.

— Je sais, c'est pour ça que tu vas avoir une manucure ensuite, dis-je.

Luca souffle un jet de vapeur.

— Très bien, mais vous avez intérêt à pouvoir épeler Narvals sur mes ongles.

Les yeux de Nova s'illuminent.

— Oh, je peux définitivement faire ça !

Ashton sourit et me pointe du doigt.

— Non, Harper doit faire ses ongles. Tu fais les miens. Doigts et orteils, bébé.

Il agite ses doigts vers Nova, cédant à son plaisir.

— Tu ne vas pas te battre avec moi ?

Nova le regarde, surprise.

Ashton hausse les épaules.

— Aucune raison de le faire, je suis sûr de ma masculinité, se vante-t-il, narquois, envers Luca.

— Crétin.

Luca fait un doigt d'honneur à Ashton.

Une heure plus tard, après avoir rangé les vernis à ongles et alors que Nova bâille tout en luttant contre le sommeil, on nous montre les chambres d'amis pour la nuit.

Luca me conduit à la chambre d'amis.

— Je serai juste à côté si tu as besoin de quoi que ce soit, dit-il en pointant sa chambre.

— C'est ta chambre d'enfance ?

Je m'arrête dans le couloir pour essayer d'apercevoir l'intérieur.

— Oui, mais il n'y a vraiment plus rien à moi là-dedans, dit-il.

— Qu'est-ce que tu veux dire ?

— Je vais te montrer, dit-il et il me conduit dans sa chambre.

L'endroit semble froid, bien que la température soit ambiante. Les murs sont nus et peints d'une couleur crème qui rend la pièce encore plus fade.

Il n'y a pas de photos sur la commode dans le coin éloigné de la chambre. Sur la table de nuit, il n'y a qu'un réveil digital. On dirait que quelqu'un a oublié de décorer la pièce.

— C'était ta chambre ?

Il n'y a aucun signe de Luca, à part son sac de sport posé sur le matelas. Aucune preuve qu'il ait joué au hockey un jour. Pas de trophées ou de rubans. Pas d'affiches. Rien qui crie que c'était autrefois la chambre d'un adolescent.

— Comme je l'ai dit, il n'y a plus rien à moi ici.

C'est triste, et mon cœur se brise tandis que je tends la main vers la sienne. C'est presque comme s'ils l'avaient effacé.

Alors que chez mes parents, ma chambre contient toujours les tirages encadrés autographiés par l'un de mes auteurs préférés. J'ai un porte-bijoux accroché à mon mur près de la porte avec mes colliers, et ma commode contient mes bagues et boucles d'oreilles soigneusement rangées et qui m'attendent quand je rentre à la maison. Il y a des affiches accrochées sur mes murs, qui représentent mes artistes musicaux préférés et même une affiche de film signée lorsque je suis allée à la convention de bandes dessinées locale l'été dernier.

Il n'y a absolument aucune trace de Luca dans sa chambre d'enfance, et honnêtement, ça me rend triste.

— Tu as tout emporté quand tu as déménagé ?

J'essaie de comprendre la situation. Il vit dans une maison ; je suis dans les dortoirs. Il a beaucoup plus d'espace, sa propre chambre, alors que je suis obligée de partager mon espace avec Quinn.

— À peine. Maman a gardé quelques cartons de mes affaires et les a montés au grenier.

Je fais un geste de la main vers la pièce vide.

— C'était l'idée de Dante ?

Je suppose que son père est à blâmer. Ce soir, j'ai entendu la façon dont il parle de lui, *dont il lui parle*, et c'est évident qu'ils ne s'entendent pas. Je ne suis juste pas sûre de la raison.

Il rit sous cape. C'est un rire sombre, rempli de colère et de douleur.

— On peut dire ça.

— Qu'est-ce que tu veux dire ?

— Il voulait m'effacer.

— Est-ce que quelque chose s'est passé entre toi et lui ou…

Mes mots s'estompent. Peut-être qu'il n'a jamais voulu d'enfant.

Il détourne le regard, refusant de rencontrer le mien.

— C'est une histoire pour jamais, répond Luca.

Il expire après un moment et se tourne enfin vers moi.

— Allons te préparer pour dormir, dans ta chambre. À moins que tu ne veuilles dormir avec moi ?

Mon souffle se bloque dans ma gorge.

Je tends la main vers la sienne pour entrelacer nos doigts et je l'attire plus près de moi.

Il y a une tristesse, une froideur qui l'enveloppe, et je veux tout effacer pour l'apaiser.

Il souffre visiblement, et je ne veux pas qu'il ait mal.

D'une voix douce et hésitante, je demande :

— Je peux dormir ici avec toi ?

J'ai presque peur que son offre ne soit qu'une plaisanterie, et qu'il me dise de retourner dans ma chambre ce soir.

Luca se penche et pose son front contre le mien. La

chaleur de son souffle, son toucher, la sensation de son énergie qui m'entoure suffisent à me rendre chaude et fébrile.

Il dénoue nos mains, uniquement pour pouvoir toucher mon visage. Prenant ma joue en coupe, il plonge son regard dans le mien, comme s'il attendait pour m'embrasser.

Qu'est-ce qu'il attend ?

— Je pense que je peux te faire une place dans mon lit, dit Luca avec un sourire narquois en me tirant plus près contre lui.

Je peux sentir sa poitrine se soulever et s'abaisser alors qu'il est pressé contre moi. Le dos de ses doigts effleure ma joue, et il me fixe comme s'il mémorisait chaque détail.

— Tu vas m'embrasser ou juste me regarder ?

Je souris et le regarde d'un air espiègle.

— Je pourrais te contempler chaque matin et chaque soir, aussi facilement que le soleil se lève et se couche.

Je le pousse doucement de l'épaule.

— Cette phrase marche avec toutes les filles ?

Luca sourit et hausse les épaules.

— Je ne sais pas, je ne l'ai jamais essayée avec personne d'autre.

Une main reste sur ma joue, son toucher comme un crépitement d'électricité, le bourdonnement vibrant à travers moi tandis qu'il caresse ma peau. Son autre main glisse jusqu'à ma hanche, ses doigts à la fois doux et fermes alors qu'il frôle ma hanche de son toucher.

— Crois-le ou non, Harper, je ne suis pas le tombeur que tu penses.

Son regard plonge en moi, et je sens l'air quitter mes poumons.

Je ne sais pas quoi dire.

— Je n'ai même pas pensé à quelqu'un d'autre depuis que je t'ai rencontrée, murmure-t-il avant de déposer un baiser doux et chaste au coin de mes lèvres.

Je me penche en avant, le souffle court, les lèvres entrouvertes, avide de son baiser.

Mais il semble avoir d'autres idées.

— Ça ne peut pas être vrai, dis-je en essayant de me rappeler les filles qui l'abordent en cours et dans les couloirs.

A-t-il flirté avec l'une d'elles ?

— Je te jure que c'est vrai ; même Ashton sait que j'ai été célibataire cette année. Je n'ai pas amené d'autre fille dans ma chambre.

Un sourire traverse mon visage.

— Sauf Nova, dis-je, lui rappelant cette fois où ils avaient organisé une fête chez eux et où je les avais vus en train de descendre les escaliers ensemble.

— Elle ne compte pas. Elle est comme une sœur pour moi, tu le sais, dit Luca en me fixant, s'assurant que je comprenne qu'il a été honnête avec moi, et peut-être même vulnérable.

— Je le vois maintenant, dis-je en plissant le nez vers lui. Plus de discussion sur ta sœur ce soir.

— Ça me va.

Il réduit la distance, son souffle se mêle au mien alors qu'il prend son temps et m'embrasse doucement et lentement sur le nez, la joue, puis le menton.

— Oh mon Dieu, tu vas finir par m'embrasser ?

Je grogne en me hissant sur la pointe des pieds pour écraser ma bouche contre la sienne.

Cet homme sait comment taquiner une fille. Il y prend probablement du plaisir, à me faire me tortiller, anxieuse et impatiente de l'avoir.

Il rit doucement et se recule, juste assez pour plonger dans mon regard alors que ses deux mains encerclent mes hanches.

— Je vais devoir t'apprendre la patience, me réprimande-t-il fièrement, avant de laisser ses lèvres planer juste au-dessus des miennes.

Ses doigts dansent doucement et sans but sur mes hanches, remontant légèrement son sweat-shirt pour que son toucher soit sur ma peau nue.

Je me penche vers lui, désirant plus alors qu'il me taquine sans fin, et il semble que nous ne fassions que commencer.

— Je n'ai pas besoin de patience, dis-je en marmonnant alors que je me penche pour le tuer, ou plutôt, l'embrasser, dans ce cas.

Il recule légèrement la tête, hors d'atteinte, un air suffisant sur le visage. Ses mains continuent de taquiner mes hanches, maintenant ma partie inférieure fermement contre lui, son toucher tentateur alors que ses doigts frôlent la ceinture du pantalon de survêtement que je porte.

— Mais je pense que si, dit Luca avec conviction.

Il y a une lueur dans ses yeux gris. Mais derrière ces yeux, quelque chose de plus sombre persiste, plus lourd, alimenté par le désir et le besoin.

— Ton corps me supplie, mais jusqu'à ce que tes lèvres fassent de même, tu n'es pas prête pour moi.

Ma bouche s'ouvre, choquée.

Et c'est cette surprise qui fait atterrir sa bouche sur la mienne dans un baiser brûlant, sa langue poussant au-delà de mes lèvres alors que je l'attire plus près, plus fort, plus profondément.

Déjà, j'en désire plus, mais il semble avoir d'autres intentions tandis qu'il rompt le baiser.

Je suffoque, la pièce est étouffante, et même si ses joues ont une légère teinte rosée, il semble par ailleurs calme, comme s'il ne faisait que commencer sa douce torture.

— Je t'ai laissée sans voix ?

Il me taquine, et cet homme pourrait facilement me tuer que je me jetterais volontiers dans ma propre tombe pour lui.

— Je ne vais pas supplier pour quoi que ce soit, jamais, dis-je, les yeux plissés.

Aussi sexy que soit Luca, il ne me verra jamais supplier.

Jamais.

Je le fais reculer vers le matelas et le pousse doucement sur le lit. Chevauchant ses hanches, je grimpe au-dessus de lui, mes mains sur sa poitrine.

— Tu en es sûre ? demande-t-il avec un sourire.

Ses mains taquinent ma peau alors que j'ondule contre lui, et je le regarde se laisser lentement submerger par le plaisir.

Nous portons trop de vêtements, et je peux certainement sentir son excitation pressée contre moi.

Il était grand temps.

Mais il ne cède pas à la tentation ou au plaisir. Il me regarde fixement, son dos contre le tissu moelleux tandis que ses doigts jouent avec l'ourlet de mon haut, remontant légèrement le sweat-shirt d'Evergreen avant que ses doigts chauds ne se glissent vers le haut pour effleurer la courbe de mon sein.

J'inspire brusquement et je sens une vague de chaleur m'envahir.

Son toucher est pure électricité, vibrant et vivant.

— C'est toi qui vas supplier, dis-je en le fixant tandis que mes hanches bougent contre les siennes.

Ses yeux se ferment pendant une fraction de seconde, et je vois toute sa maîtrise commencer à fondre.

Impossible de ne pas se sentir puissante et satisfaite de la réaction que je provoque en lui.

Il secoue la tête.

— C'est toi qui vas supplier, murmure-t-il alors que

je me penche pour faire glisser ma langue le long de son cou, goûtant sa peau avant de passer à ses lèvres.

— Je n'en suis pas si sûre, dis-je avec un sourire narquois avant de me pencher pour le goûter encore et encore, cédant à la tentation en laissant mon corps reposer contre le sien.

Nos baisers sont ardents et féroces, alimentés par le feu tandis qu'il enroule ses jambes autour de mes hanches et nous fait rouler pour me clouer sur le dos.

Son corps me recouvre pendant un bref instant avant qu'il ne s'éloigne de moi, et je gémis.

— Ne t'inquiète pas, dit-il avec un sourire, je ne vais nulle part. Tu es dans *ma* chambre, tu te souviens ?

Luca enlève son t-shirt et me guide sur le matelas pour que je puisse poser ma tête sur l'oreiller pendant que je le regarde se déshabiller.

— Je n'ai pas droit à un strip-tease ?

Je plaisante en lui faisant signe de tourner sur lui-même pendant qu'il retire ses vêtements, pour que je puisse profiter de la vue complète.

— La prochaine fois, promet-il, me faisant clairement comprendre que ce n'est pas une aventure sans lendemain.

Il laisse tomber son jogging et son boxer au sol et se tient nu dans toute sa splendeur au pied du lit.

Je me redresse et me retourne, rampant à quatre pattes sur le matelas pour le goûter et le toucher. Il est absolument magnifique, de ses abdominaux toniques et bronzés jusqu'au bas de son corps.

Luca ne se cache pas de moi.

Il n'a aucune raison de le faire, et j'adore à quel point il est à l'aise nu. Il a vraiment le corps d'un athlète, parfaitement sculpté avec des muscles épais. C'est véritablement une œuvre d'art.

Difficile de ne pas le fixer.

Il sourit et incline la tête avec un sourire en coin.

— Tu es prête à supplier ? demande-t-il.

Je pense qu'il plaisante, mais je n'en suis pas totalement sûre. Je me mets à genoux et j'enroule mes bras autour de son cou pour le tirer contre moi, ayant besoin de le sentir, de voir que c'est bien réel et que je ne rêve pas.

Je murmure avant de l'embrasser :

— Je pense que c'est toi qui vas supplier.

Son corps est chaud sous mes doigts, ses muscles fermes tandis que mes doigts parcourent son ventre et descendent vers la jonction de ses cuisses.

Il saisit ma main et me guide sur le dos, puis plaque mes mains ensemble contre le matelas, me piégeant.

C'est grisant, et mon corps s'enflamme alors qu'il me maintient contre le lit. Il est nu et excité, et je veux tellement sentir sa peau contre la mienne. C'est une torture.

— S'il te plaît, dis-je dans un murmure, et un sourire entendu traverse son visage.

— Tu obéis si bien, dit-il en planant au-dessus de moi.

Il fait une chaleur étouffante, mais je suis presque sûre que cette chaleur vient entièrement de nous deux.

— J'ai trop de vêtements.

— Ce n'est pas supplier ça.

Luca sourit et relâche sa prise sur moi.

— Mais tu as raison. Tu es trop habillée, et je pense qu'il est temps pour ta danse sensuelle, murmure-t-il à mon oreille.

Mon souffle se bloque dans ma gorge. Les papillons sont de retour dans mon estomac.

— Je ne pense pas pouvoir faire ça. Et si je me déshabillais simplement ?

Il sourit d'un air narquois et s'éloigne de moi.

— Je t'en prie.

Luca m'offre une main et m'aide à quitter le matelas tandis que je lui lance un regard confus.

— J'adorerais t'avoir comme stripteaseuse personnelle.

Je m'étouffe à ses mots.

— Ce n'est pas...

L'humiliation monte à mon visage, je suis sûre que je rougis car il fait une chaleur d'enfer ici.

Luca m'aide lentement à retirer mes vêtements, ceux qu'il m'a prêtés aujourd'hui pour le feu dans le jardin. Ils tombent au sol, et je ne peux m'empêcher de me sentir inadéquate, mais ces sentiments sont rapidement étouffés par ses lèvres sur mon cou alors qu'il trace un chemin de baisers le long de mon corps.

— Regarde-toi, murmure-t-il, descendant vers mes seins, et tu es *à moi*.

Sa voix est rauque et épaisse, lourde de désir.

— Tu n'as aucune idée de ce que tu me fais.

Il mordille ma peau, embrassant et goûtant tandis que mes doigts s'emmêlent dans ses cheveux et descendent le long de son dos.

Il me soulève contre lui et mes jambes s'enroulent autour de sa taille alors que nos lèvres se rencontrent à nouveau, cette fois alimentées par le feu et les flammes.

— Mon Dieu, ça fait si longtemps que je te désire, confesse-t-il entre les baisers.

Luca me porte jusqu'au matelas et me guide sur le dos. Il relâche son étreinte assez longtemps pour prendre un préservatif dans son sac de voyage.

— Tu n'es pas contente que je les aie apportés ?

Il me montre l'emballage en aluminium et le dépose sur le matelas pour plus tard.

— Je prends la pilule, Luca, mais oui, je suis contente qu'on soit prudents. Mais encore une fois, tu penses vraiment avoir besoin de toute la boîte ?

— Mon Dieu, j'espère bien.

Ses lèvres sont de retour contre ma peau, elles envoient des sensations chaudes et picotantes dans tout mon corps. Il écarte mes cuisses et ses lèvres descendent le long de mes jambes, me taquinant.

— J'ai l'intention de mémoriser chaque centimètre de toi.

J'essaie de garder ma respiration et mes gémissements aussi silencieux que possible. Je saisis un oreiller et le plaque sur mon visage alors que sa bouche flotte entre mes jambes. Je ne sais pas à quel point les murs sont fins et je ne veux pas que quelqu'un nous entende, surtout sa famille.

J'entends son petit rire, puis il m'arrache l'oreiller du visage.

— Les yeux sur moi, bébé.

Sa voix autoritaire envoie des frissons dans tout mon corps. Je gémis, et il sourit tandis que sa langue taquine mes replis, sans vraiment me toucher là où j'en ai le plus besoin. Luca sait exactement ce qu'il fait.

— Voilà ma gentille fille.

Il prend tout son temps, et ses paroles mettent mon corps en surchauffe et envahissent tous mes sens.

— Luca, dis-je d'une voix rauque, mes doigts agrippés aux draps tandis que j'en réclame plus. Je veux te sentir en moi.

Je suis prête à supplier à ce stade.

— Tu es tellement bonne.

Sa bouche est sur moi, sa langue taquine mon clitoris et me rend complètement folle.

Ses doigts maintiennent fermement mes hanches et sa bouche ne ralentit pas, gardant les mouvements constants, le rythme régulier, alors que je m'approche de l'oubli.

— Je veux que tu jouisses pour moi, ordonne Luca, et mon corps lui obéit volontiers.

Mes orteils se recroquevillent et mes yeux se ferment brusquement tandis que je cambre le dos en sentant les premiers tremblements me parcourir.

Haletant pour reprendre mon souffle, mon cœur semble sur le point de bondir hors de ma poitrine alors que mon corps frémit sous lui.

— Gentille fille, dit Luca en remontant le long de mon corps.

Il récupère le préservatif emballé qui est sur le lit à côté de nous.

Mon cœur essaie encore de rattraper ma respiration. Allongée sur le matelas, mes doigts caressent Luca, voulant toucher chaque centimètre de son corps.

— Je te veux en moi, dis-je pour clarifier que nous sommes loin d'avoir terminé.

Mon antre fourmille de chaleur, et mon corps le désire ardemment. Aucun homme ne m'a fait ça avant – avec succès. Certes, mon petit ami du lycée me faisait des cunnilingus, mais je n'ai jamais vraiment joui de cette façon.

Je tends les bras vers Luca, mes mains sur ses joues pour ramener sa bouche vers moi, ayant besoin de le goûter. Je le désire comme on a besoin d'air pour respirer, mais c'est tellement plus intense. C'est comme si je me noyais et qu'il était la surface de l'eau qui me maintiendrait en vie.

Sa bouche est de nouveau sur la mienne, il pousse sa langue à l'intérieur, le préservatif en place alors qu'il taquine mon entrée avec son sexe, le frottant contre mon clitoris.

Je gémis et j'agrippe son épaule avec mes ongles.

— Tu vas me taquiner toute la nuit ?

Je le regarde fixement.

— Seulement jusqu'à ce que tu ne puisses plus le supporter, dit Luca avec un sourire. Tu as les lèvres parfaites pour être embrassées.

Et sa bouche revient sur la mienne, prenant avidement ce qu'il désire, *moi*.

C'est suffisant pour me donner le sentiment que mon cœur va exploser dans ma poitrine.

— Ton...

Je baisse les yeux entre nous. Je ne sais pas comment il va pouvoir rentrer en moi.

Putain, il est énorme.

Et je suis sûre qu'il a déjà entendu toutes les filles lui dire ça avant, mais c'est vrai.

Ça me rend nerveuse comme pas possible, parce que même si j'ai déjà fait l'amour, ça fait plus d'un an, et ce n'était jamais rien de comparable à ce que Luca possède. Son érection est assez impressionnante pour effrayer une vierge.

Dieu merci, j'ai perdu ma virginité au lycée avec mon minable ex-petit ami.

— Tu as déjà... murmure Luca. Si tu n'as jamais fait ça, on peut y aller doucement.

Il est si gentil, et je sais qu'il ne veut pas ralentir les

choses, mais j'apprécie sa volonté de répondre à mes besoins.

— Je veux que tu me baises, Luca, dis-je en lui donnant mon consentement enthousiaste.

Parce que même si j'ai peur que ça fasse mal, je veux aussi ça avec lui. Et si une autre fille venait à lui mettre le grappin dessus, je pourrais bien devoir la tuer.

Le sourire ne quitte jamais son visage.

— J'attendais de t'entendre dire ça.

Ses doigts taquinent mon sexe ; un, puis deux doigts épais me caressent, s'assurant que je suis prête pour lui. Il m'étire avec un troisième doigt, et alors que je gémis, ses lèvres couvrent les miennes. Il retire ses doigts, et alors que je gémis de la perte de contact, il me remplit lentement avec le bout de son sexe.

Je suffoque, la douleur si foutrement exquise qu'elle est en fait agréable, et il couvre à nouveau mes lèvres, mordillant cette fois ma lèvre inférieure tandis que je tremble sous lui.

— Tu peux le prendre, dit-il, et sa bouche se déplace le long de ma mâchoire jusqu'à mon oreille. Tu es tellement parfaite.

Je plie les genoux pour lui donner un meilleur accès, puis j'enroule mes jambes autour de lui, le tirant plus profondément.

— Ouvre les yeux et regarde ce que tu me fais, murmure Luca d'une voix rauque.

Je lutte pour garder les yeux ouverts, pour me

concentrer sur *lui*. Tout semble incroyable, et mes sens sont en surcharge complète.

— Putain, c'est bon.

Ma voix est un murmure, mes ongles griffent doucement son dos et descendent jusqu'à ses fesses pour le tirer plus profondément et plus étroitement.

Il m'étire, mais la douleur s'estompe en une pulsation agréable qui s'intensifie en pure extase alors qu'il commence à bouger lentement.

— Continue comme ça.

Je halète en sentant mon corps réagir à nouveau, déjà.

Luca sourit narquoisement, sachant parfaitement l'effet qu'il a sur moi. Ses hanches s'enfoncent dans les miennes, ses coups lents et réguliers jusqu'à ce qu'il commence à accélérer, et je n'ai jamais été aussi reconnaissante envers une tête de lit alors que j'agrippe le montant en bois et que je m'y tiens comme si ma vie en dépendait.

Mon intérieur est en feu, je sens le second orgasme prêt à déchirer mon existence alors que la respiration de Luca devient plus rapide, haletante.

— Putain, je suis proche. Encore, dis-je dans un gémissement.

Je veux qu'il sache ce qu'il me fait et je veux qu'il jouisse avec moi.

— Pas tout de suite, ordonne-t-il, et je gémis en me retenant, désespérée de jouir à nouveau. Ta chatte est si bonne, murmure-t-il à mon oreille, et je jure qu'il essaie de me torturer.

Je tremble de nouveau et la chaleur m'envahit alors que je ne peux plus retarder l'inévitable.

— Luca, s'il te plaît, laisse-moi jouir.

Je ne suis clairement pas au-dessus des supplications quand il s'agit de Luca Ricci.

Il ne rit pas. Il ne se moque pas de moi pour ça.

— À qui tu appartiens ? grogne Luca, et je sens mon corps vaciller au bord du précipice.

— À toi, dis-je dans un murmure.

— Je veux te sentir jouir sur ma queue, grogne-t-il à mon oreille, et ses mots me propulsent par-dessus bord.

Je gémis son nom, mon intimité se resserre autour de sa queue pour le vider en moi, incapable de me retenir davantage.

— Je vais... grogne-t-il, et je le garde serré contre moi.

— Luca, jouis pour moi.

Je veux qu'il ressente ce qu'il m'a donné. Mes lèvres se déplacent vers son oreille et mordillent doucement le lobe, et je sens sa queue gonfler alors qu'il atteint enfin l'oubli avec moi.

———

À un moment pendant la nuit, je m'éveille.

Luca dort profondément à côté de moi, son bras posé sur ma taille.

Discrètement, je sors du lit, j'attrape les vêtements que j'ai empruntés la veille et je me glisse dans le couloir.

Il ne bouge même pas, et je ne veux pas le réveiller. J'ai cependant besoin d'utiliser la salle de bain, et il est profondément endormi. J'aurais dû lui demander où elle se trouvait hier ; au lieu de ça, j'étais trop occupée à pratiquement mettre le feu à son lit.

Un feu incroyable qui a attisé quelque chose de sauvage en moi.

Je n'arrive toujours pas à croire que nous avons fait l'amour ! Et c'était putain de génial.

Dans le couloir, rien n'indique quelle porte mène à la salle de bain, et toutes les portes du couloir sont fermées.

Merde.

La lumière de la lune filtre à travers les fenêtres au-dessus, éclairant un chemin le long des escaliers et du couloir. Je redescends au rez-de-chaussée. Je me souviens avoir utilisé les toilettes en bas, et je suis assez confiante de me rappeler quelle porte c'était. Avec un peu de chance, quelqu'un aura laissé la porte ouverte.

Mes pas sont légers sur le sol de marbre. Le matériau est frais sous mes pieds, et en approchant de la porte de la salle de bain, je suis soulagée de la trouver ouverte.

Je me glisse à l'intérieur, je ferme doucement la porte et je prends mon temps. Le simple fait de penser à la nuit dernière avec Luca fait monter mon adrénaline à nouveau. Comment vais-je pouvoir me rendormir ?

Depuis l'intérieur de la salle de bain, j'entends un gémissement tout près. Je ne peux pas tout à fait discerner d'où vient le son, mais c'est proche.

On dirait un chiot qui supplie qu'on le laisse sortir de sa cage.

Les Ricci ont-ils un chien ?

Je n'ai vu aucun signe de chien, mais peut-être qu'ils ne le laissent pas courir dans la maison. L'endroit est chic, et avec un sol en marbre, ils pourraient s'inquiéter des rayures sur le marbre ? Est-ce que le marbre raye ?

Je termine aux toilettes et m'arrête dans le couloir. Aucun signe des parents de Nova ou de Luca.

Je ne comprends toujours pas pourquoi ils vivent ensemble sous le même toit. Cet endroit est assez grand pour plusieurs familles, mais pourquoi partager une maison ?

Et qu'en est-il de ce garde du corps qui était près de la porte arrière ?

Rien de tout cela n'a de sens.

Il y a d'autres gémissements.

Des plaintes.

Ça ressemble vraiment à un chiot, et le chien de ma famille me manque tout à coup, Scarlet. C'est un berger australien, le plus petit de la portée, vingt-cinq livres et complètement adulte. J'ai supplié Maman et Papa de me laisser l'amener à l'université, mais ils ont raison, il n'y a aucune chance qu'elle soit autorisée dans les dortoirs. Et je ne pourrais certainement pas la faire entrer discrètement. Elle est trop bruyante et pleurnicharde.

Je m'approche silencieusement de la porte fermée d'où provient le son du chiot.

Vu la taille de cet endroit, leur chiot a-t-il une pièce entière pour lui tout seul ?

Je me tiens devant la porte mystérieuse et y colle mon oreille. Les gémissements viennent définitivement de l'intérieur.

Pauvre chiot, il a probablement besoin de sortir pour faire ses besoins. Avec un peu de chance, il y aura une laisse à proximité. Même si la maison a une cour clôturée, je ne veux pas risquer de courir après le chiot dans le jardin pour le faire rentrer.

Je tourne doucement la poignée de la porte à côté de la salle de bain, priant pour que ce ne soit pas la chambre de quelqu'un et que je ne m'apprête pas à me ridiculiser.

L'obscurité inonde un escalier, et les gémissements deviennent plus insistants.

Un doux chemin de lumières scintille le long des marches, ce qui fait que je n'ai pas besoin d'allumer l'interrupteur alors que je descends l'escalier en bois.

Il y a un sous-sol ?

Bien sûr qu'il y a un sous-sol. Cette maison a absolument tout.

L'escalier est une spirale de marches en bois, et je descends silencieusement chaque marche, en faisant attention à ne pas trébucher et tomber.

Les gémissements deviennent plus forts, plus insistants à mon approche alors que j'atteins les dernières marches et que je peux voir une douce ampoule au plafond pour illuminer l'espace.

Je m'attends à voir une cage avec un chiot et peut-être même un lit pour chien ou un autre signe d'animal, mais à la place, la cage va du sol au plafond, avec des barreaux métalliques. Une cellule de prison.

Et ce n'est pas un chien blotti à l'intérieur qui gémit, c'est un enfant.

# DIX

LUCA

Je me retourne dans le lit, mes yeux s'entrouvrent un instant et prennent en compte mon environnement. La chambre sent différemment, l'air est plus frais.

Je ne suis pas chez moi.

Enfin, pas chez moi. Je suis chez mes parents – dans le manoir.

Et les souvenirs brûlants de la nuit dernière me reviennent en mémoire.

*Je viens de coucher avec Harper McKenna.*

Je tends le bras pour la chercher, mais le lit est vide, la place à côté de moi encore tiède.

Mais qu'est-ce que... ? Où est-elle allée ? Est-ce qu'elle a décidé de dormir dans sa propre chambre ?

Je n'ai jamais eu une fille qui parte au milieu de la nuit, ou après le sexe, d'ailleurs. C'est généralement moi qui les mets dehors si je ne veux rien de sérieux. Et

Harper ne me semble pas être le genre de fille à s'éclipser en douce.

Des pas lourds résonnent dans le couloir. C'est Harper, je le sens.

Je me redresse dans le lit, balance mes jambes par-dessus le matelas et récupère mes vêtements dans l'obscurité. Il me faut quelques secondes pour les remettre et m'assurer qu'ils ne sont ni à l'envers ni dans le mauvais sens avant de sortir dans le couloir.

Je ne veux pas qu'elle erre seule dans cet endroit.

Il y a quelque chose qui se trame sous ce toit. J'ai vécu ici assez longtemps pour savoir quand ils gardent quelqu'un en otage ou torturent un suspect.

Je parierais sur de la torture.

Pour quelle autre raison nous auraient-ils mis dehors plus tôt ?

Et la raison même pour laquelle je suis revenu était de protéger Harper. Je ne vais pas m'arrêter maintenant.

Ça aurait été bien si nous avions été exclus de la maison plus tôt pour qu'ils préparent une surprise, comme Harper l'a suggéré. Après tout, ils avaient acheté une toute nouvelle voiture à Nova, et bien sûr, ils auraient pu être en train de signer les papiers, mais je sais bien que ce n'est pas ça.

C'est tellement pire que ça ; je ressens cette lourdeur comme une enclume sur ma poitrine.

Si ça n'avait tenu qu'à moi, nous n'aurions pas passé la nuit ici. Je voulais rentrer, mais Nova a insisté pour qu'on reste, et Harper n'avait pas la moindre idée de ce qui se passait.

Je n'allais pas laisser Harper seule, et même si j'avais envisagé de camper devant sa chambre toute la nuit, la voir dormir dans mon lit était définitivement la meilleure des deux options.

Sans compter que nous n'avons pas fait que dormir.

Nous avons partagé la partie de jambes en l'air la plus incroyable qui soit. Du moins, à mon avis. Si Harper prétend le contraire, elle ment très certainement. Je sais qu'elle a joui deux fois cette nuit, et je suis un peu déçu qu'il n'y ait pas eu une troisième fois, mais nous étions tous les deux fatigués et nous nous sommes endormis rapidement.

Il y aura toujours une prochaine fois.

J'ouvre la porte de la chambre et me glisse dans le couloir. Aucun signe de Harper. Je me dirige à pas feutrés vers la chambre d'amis et pousse doucement la porte.

Elle n'est pas là.

Son lit est vide.

Comme je m'y attendais.

Merde.

Mon estomac se noue et je me précipite dans le couloir à sa recherche.

Ok, où pourrait-elle être ?

La salle de bain ou la cuisine seraient les options les plus logiques. Vu que la porte de la salle de bain est fermée, mais que la lumière est éteinte, je suppose qu'elle est dans la cuisine.

Merde.

Ou peut-être la salle de bain du rez-de-chaussée.

Je grimace en réalisant que je ne lui ai pas fait visiter correctement l'étage, et logiquement, elle est probablement redescendue pour utiliser les toilettes. C'est la seule salle de bain qu'elle a vue, et les portes à l'étage étaient toutes fermées.

J'essaie de descendre silencieusement les escaliers jusqu'à la salle de bain près de l'aile arrière de la maison. La porte est ouverte, la chasse d'eau est en train de couler, ce qui m'indique qu'il n'y a pas longtemps qu'elle était là.

Où est-elle maintenant ?

La cuisine est juste devant, mais aucune lumière n'en émane.

La porte de la cave est juste à côté de la salle de bain, et je retiens momentanément mon souffle. Non, elle n'aurait aucune raison d'errer là-bas.

Je n'ai pas mis les pieds dans cette cave depuis des années, depuis que j'ai vu un homme être torturé et exécuté sur ordre de mon père. Il n'a même pas bronché pendant que ça se passait. Non, il rayonnait de fierté, comme s'il était fait pour ce boulot.

C'était le pire dans tout ça.

J'ai vomi devant lui, violemment. Je n'ai même pas pu lui cacher mon dégoût, et il m'a attrapé par le col en me disant que je ferais mieux de m'y habituer parce que je suivrais ses traces.

Hors de question.

J'ai fait tout ce qui était en mon pouvoir pour ne pas devenir comme lui. Je me suis tenu loin de mon père, de ses hommes, du mal qu'il a introduit dans la maison, jusqu'à aujourd'hui.

La porte de la cave s'ouvre brusquement, et Harper en sort en courant, me bousculant presque avec un enfant qui la suit. Le garçon est petit, sale et porte un pyjama. Il ne peut pas avoir plus de huit ans. On dirait qu'il a été arraché de son lit en pleine nuit.

Putain.

— On doit partir, maintenant ! lui dis-je en attrapant son bras et en la traînant dans le couloir vers la porte arrière.

C'est la sortie la plus proche. Je tape le code d'alarme pour la désactiver avant d'ouvrir la porte et de faire signe à Harper et à l'enfant de sortir avant de la refermer. J'attrape ma veste accrochée près de la porte et mes tennis. Je lui lance mes tennis.

— Mets ça.

Je sais qu'elles sont trop grandes, mais c'est mieux que ses pieds nus ou les talons qu'elle portait en arrivant.

Elle enfile les chaussures pendant que j'enroule mon manteau autour du petit garçon, le fermant jusqu'en haut pour le garder au chaud. Je plonge ma main dans la poche de la veste pour récupérer mes clés.

— Tout va bien, lui dis-je, même si rien ne va en ce moment. Elle va te mettre en sécurité.

Des hommes seront sur nous en quelques secondes si nous ne sommes pas rapides.

— Il y a des caméras partout. Quelqu'un nous surveille en permanence. Nous n'avons que quelques secondes, peut-être quelques minutes si nous avons de la chance.

Je pointe vers la forêt où j'ai récupéré du bois plus tôt pour le feu de camp.

— Vous devez courir jusqu'à la lisière de la forêt, passer par-dessus la clôture. Ensuite, courez jusqu'à la route et trouvez de l'aide.

— Et toi ? demande Harper. Tu ne viens pas avec nous ?

— Je vais prendre la voiture. Je serai la diversion dont tu as besoin pour vous mettre tous les deux en sécurité. Une fois que vous aurez franchi la clôture, trouve une maison, quelqu'un qui pourra vous aider. Appelle la police. Quoi que tu fasses, ne viens pas me chercher.

Ça me demande tout ce que j'ai de ne pas courir après elle, de la protéger, de la garder en sécurité. Mais ses chances sont bien meilleures si je reste ici pendant qu'elle et le garçon s'éloignent le plus possible.

Je peux lui donner du temps pour se mettre en sécurité.

C'est le meilleur choix quand les chances sont contre nous.

Elle m'attrape et m'embrasse dans un élan de passion ardente. Le monde autour de moi se dissout et, même si mes pieds sont gelés, comme toutes mes extrémités à cause du froid mordant, tout ce que je ressens est la chaleur du goût de ses lèvres qui enveloppe tous mes sens.

— Si nous survivons à ça— commence Harper, et je la coupe.

— *Quand* nous survivrons à ça—

Je ne peux pas laisser d'autres pensées exister.

— Je ne veux pas que ce soit *faux* entre nous, dit-elle.

Elle me vole un dernier baiser avant que j'aie le temps de répondre.

Après ce qui s'est passé entre nous plus tôt, ça ne pourrait jamais être *faux*.

Elle prend la main du petit garçon et s'enfuit dans la forêt dans la direction que je lui ai indiquée.

Je libère un souffle nerveux et me précipite devant la caméra pour m'assurer d'être celui qu'on voit, mes mouvements évidents et tapageurs alors que je me dirige vers l'avant du bâtiment et ma voiture.

Moreno ouvre la porte d'entrée avec Ashton juste derrière lui. Il a dû le réveiller. Harper était relativement silencieuse, et j'ai fait attention à désactiver l'alarme. Ashton n'aurait pas pu se réveiller et savoir ce qui se passait tout seul. Quelqu'un a dû l'impliquer, mais pourquoi ?

— Arrête, avant de te faire tuer, hurle Moreno.

Je m'arrête devant la portière de mon véhicule, les clés à la main. J'envisage de sauter dedans et de filer à toute vitesse, mais la clôture en fer forgé ne va pas s'ouvrir comme par magie. Il n'y a aucune chance que Moreno ordonne au garde à l'entrée de me laisser partir, pas s'ils ont réalisé que leur prisonnier a disparu.

Et ils doivent le savoir, sinon ils ne se soucieraient pas de me voir m'enfuir dans la nuit.

— Écoute-le, dit Ashton. Il essaie de te sauver la vie.

— Me sauver la vie ?

Je ricane et m'éloigne du véhicule.

— Pourquoi ma vie aurait-elle besoin d'être sauvée ?

J'essaie de gagner du temps pour Harper afin qu'elle puisse s'échapper sans être remarquée. Je suis sûr qu'ils l'ont repérée, mais je ne les entends pas courir dans la forêt.

Merde.

J'entends cependant les grilles métalliques grincer alors qu'elles s'ouvrent. Trois véhicules avec les soldats de mon père sortent du domaine, prévoyant certainement d'intercepter Harper quand elle franchira la clôture.

Putain.

Je ne peux pas tous les arrêter. Je ne suis même pas sûr de pouvoir arrêter Moreno et Ashton tout seul. Pas quand Moreno a une arme à la hanche. Je vois le pistolet brillant dans son étui sous les lumières extérieures. Au moins, il ne l'a pas sorti et ne me le pointe pas dessus. Je devrais me sentir reconnaissant.

— Tu vas te faire tuer, m'avertit Moreno. J'essaie de t'aider.

Mais je me fiche de ma propre vie. Je me soucie uniquement de Harper.

— Écoute-le, dit Ashton en s'approchant lentement de moi.

J'exhale un souffle lourd. Je n'aime déjà pas la tournure que prennent les événements. La porte d'entrée s'ouvre, et Dante sort en trombe, furieux.

— Tue la fille, crie Dante à Moreno.

J'imagine qu'il a déjà donné les ordres à ses hommes qui sont sortis par le portail principal.

— Mais ramène-moi l'enfant, vivant.

— Non !

Je me jette sur Dante, prêt à tuer mon père à mains nues. C'est vraiment un monstre, le pire qu'on puisse imaginer, prêt à assassiner une fille innocente.

Ashton me retient.

— Réfléchis à deux fois, fils, me prévient Dante en grognant, mécontent de mon manque d'obéissance. Je peux te faire enterrer juste à côté d'elle.

Dante lève son arme et arme le chien alors qu'il la pointe vers mon visage.

— Tu tuerais vraiment ton fils unique, ton seul héritier ?

Je pose cette question parce que je sais comment m'infiltrer dans sa tête.

— Maman, *Nikki*, te détesterait pour le reste de sa vie.

Il me regarde, pris de court par la mention de son nom. Il semble légèrement déconcerté, presque désorienté par la réalisation que je pourrais avoir raison. Il chasse les toiles d'araignées de ses pensées aussi vite qu'elles arrivent.

— Tu n'as jamais voulu ça, dit-il en faisant un geste vers le domaine, son paradis.

— Je n'ai jamais voulu devenir *toi*, dis-je.

Même si, en vérité, je ne veux rien de sa vie ni faire partie des horreurs dans lesquelles il est impliqué. Ce n'est pas qui je suis.

— Considère tes options, Luca, dit Dante. Tue la fille, ou si tu refuses d'obéir, ce que je sais que tu adores faire, alors ton pote Ashton a pour ordre de vous tuer tous les deux.

Dante tend son arme à Ashton, lui donnant l'opportunité de m'exécuter si nécessaire.

Je jette un regard vers Ashton.

Il ne ferait pas ça ?

— Désolé, dit Ashton en secouant la tête.

Il ne lève pas l'arme et ne me menace pas avec, mais elle est dans sa main, pointée vers le sol, et c'est suffisant pour me faire comprendre qu'il est de *leur* côté. Il a pris l'arme, il accepte le pouvoir qu'ils lui accordent.

Je ricane et pousse Ashton en reculant.

— Nous sommes frères, dis-je, les dents serrées.

Nous ne sommes peut-être pas biologiquement liés, mais je pensais que notre amitié et le fait d'être coéquipiers signifiaient quelque chose.

— Tu sais que la mafia passe toujours en premier, dit Ashton.

J'ai toujours su qu'Ashton était proche de son père. J'ai entendu les appels téléphoniques. Je suis parfaitement conscient qu'il a l'intention de diriger la Bratva de Chicago après l'université. Je ne m'attendais simplement pas à ce qu'il me trahisse et prenne le parti de mon père.

— Ne fais pas ça, dis-je, espérant raisonner mon ami.

— Ne m'oblige pas à appuyer sur la détente, répond Ashton en me saisissant par la chemise et en me poussant vers ma voiture. Maintenant, aide-nous à trouver Harper avant qu'elle ne fasse tuer l'enfant.

Je monte rapidement à la place du conducteur. Temporiser n'aidera pas Harper. Ils sont trop nombreux à la pourchasser. Sa meilleure option, c'est mon aide.

Ashton, cependant, va être une épine dans mon pied quand je finirai par la retrouver.

Le portail en fer reste ouvert et je m'engage sur la route principale en tournant à gauche, dans la direction où je sais qu'elle s'est enfuie avec le petit garçon.

J'éteins la radio, j'ouvre les fenêtres, et je sens une bouffée d'air frais. Je guette tout indice d'une lutte, au cas où je ne la verrais pas mais l'entendrais.

— Tu ne peux pas la sauver, dit Ashton, l'arme toujours dans sa main, posée sur ses genoux.

— Eh bien, je ne vais certainement pas lui tirer dessus.

Je lui lance un regard noir avant de reporter mon attention sur la route. Je longe la clôture. La propriété s'étend sur une bonne distance, mais il n'y a aucun signe d'elle. Plusieurs hommes de mon père en costume scrutent le périmètre.

Il fait encore nuit, ce qui est le seul avantage qu'elle aura, la protection de l'obscurité.

— Ce n'est qu'une fille, facilement remplaçable, dit-il.

Je ricane à sa suggestion.

— Tout le monde est remplaçable, selon la mafia.

Ashton hausse les épaules tandis que son regard scrute par la fenêtre, analysant tout, cherchant *sa* trace.

— Tu n'as pas tort, dit-il. Mais ne te mets pas dans tous tes états pour elle. Elle est mignonne et tout, mais elle ne vaut pas ta vie, et tu as entendu Dante. Il m'obligerait à vous tuer tous les deux si ça en venait là. Ne sois pas stupide, Luca. Je suis ton ami, et je te dis de ne pas être stupide.

Mon estomac se retourne.

— Content que ce ne soit pas toi qui aies fini avec elle, dis-je en marmonnant.

— Tu es sérieux ?

Ashton change de position.

Merde, il m'a entendu. Pas que ça importe. Sa tête est tellement enfoncée dans le cul de la mafia, apparemment, qu'il ferait n'importe quoi pour les satisfaire, y compris me tuer quand le moment viendra.

— Tu *fais semblant* de sortir avec elle. N'oublie pas ça, Luca. C'est *faux*.

Sauf que ce qui s'est passé hier soir entre nous n'était pas faux, rien n'était simulé.

Je peux encore sentir son corps blotti sous moi, et j'aimerais que nous soyons tous les deux de retour en haut dans ma chambre. Malheureusement, je ne peux pas remonter le temps ou changer le cours des événements de la nuit après nos ébats dans la chambre.

Tout ce que je peux faire, c'est jurer de la protéger.

— Tu aimerais que ce soit faux.

Je freine brutalement quand j'aperçois deux hommes qui jettent le petit garçon à l'arrière de leur SUV garé de l'autre côté de la route.

Je me précipite hors de la voiture, et Ashton est juste derrière moi.

— Harper !

Je crie son nom en regardant dans le véhicule, mais

les vitres sont sombres. Il fait encore nuit et il m'est presque impossible de voir à travers le verre.

Mais je n'entends pas sa voix, ses cris, ses supplications.

— Où est-elle ?

Je me jette sur Nico, l'un des hommes de mon père, et lui assène un coup au visage. Mes mains agrippent sa chemise, exigeant des réponses, tandis qu'un filet de sang coule de son nez.

Ashton me tire en arrière, loin du soldat.

— Si vous l'avez tuée, je jure—

Matteo contourne le véhicule du côté opposé. Il est calme. Un peu trop calme, ce qui fait battre mon cœur de manière erratique. Je n'ai jamais aimé Matteo. Il torture des hommes pour gagner sa vie. Son seul objectif est d'extraire des informations avant leur mort.

— Bruno et Vito l'ont attrapée alors qu'elle essayait de passer par-dessus la clôture. Elle est en train d'être ramenée à l'intérieur du domaine, dit Matteo.

— Putain !

# ONZE

LUCA

Il y a quatre hommes sur Harper, deux qui la retiennent, Halsey et Caden, et deux qui surveillent pour s'assurer qu'elle ne s'échappe pas, Bruno et Vito.

Ont-ils vraiment besoin de quatre hommes pour la maîtriser ? C'est excessif.

Nico et Matteo rejoignent le groupe, ils traînent le garçon dans la cave, ouvrent la cellule et le jettent à l'intérieur.

Il y a un lit de camp au sol et une couverture qui semble avoir vu des jours meilleurs. Le petit garçon court vers le lit contre le mur du fond et se recroqueville, gardant ses distances autant que possible.

Mais Harper n'est pas dans une cellule, et savoir qu'il veut sa mort me retourne l'estomac. Je ne me demande pas pourquoi il ne l'a pas encore tuée. C'est probablement pour me torturer.

Dans quoi Dante est-il encore impliqué, putain ?

Matteo se tient devant Harper, les poings serrés le long de son corps.

— Dis-moi pourquoi tu fouinais et je ne rendrai pas ça désagréable pour toi.

L'air s'échappe de mes poumons.

Il parle de torture et la menace silencieusement.

— Je jure que j'ai cru entendre un chiot ! s'écrie Harper en essayant de se libérer, mais ils la forcent à s'asseoir sur une chaise.

Elle n'est pas physiquement attachée, à part les mains fermes du soldat sur ses épaules qui l'empêchent de se lever et de courir.

Sa respiration est irrégulière.

Je connais ce sentiment, l'horreur, voir ce dont les hommes sont capables, et pire encore, c'est mon propre père qui est derrière l'enlèvement de cet enfant. Je ne l'ai jamais connu pour trafiquer des enfants, mais c'est un monstre, depuis toujours. Et je ne connais pas tous les détails sordides de ses entreprises criminelles.

— Laissez juste l'enfant partir, dit Harper d'une voix rauque. Je me fiche de ce qui m'arrive. Faites ce que vous voulez de moi.

— Oh, tu ne diras plus ça dans quelques instants, dit Caden avec un rire profond et guttural. Tu nous supplieras de te tuer. Stupide fille, qui descend dans le sous-sol de la mafia et vole notre propriété. Tu dois avoir un désir de mort.

— La mafia ? répète Harper dans un halètement.

Visiblement, elle n'avait pas compris jusqu'à ce qu'il le lui explique clairement. Je ne sais pas si je devrais être soulagé qu'elle soit naïve, ou gêné qu'elle ne soit pas arrivée à cette conclusion toute seule.

— Laissez-la partir !

Ma voix se répercute contre les barreaux métalliques et s'étouffe contre les murs de pierre.

Je pousse Bruno et Vito en arrière, hors de mon chemin pour pouvoir atteindre Harper.

Bruno attrape mon bras et me tire vers lui, puis il sort son arme et l'appuie contre ma tempe.

— Et ton père qui pensait que tu deviendrais un homme intelligent, siffle Bruno à mon oreille.

— Silence ! crie Dante.

Ses pas sont lourds quand ils foulent le sol en ciment du sous-sol alors qu'il s'approche depuis l'escalier.

— Qu'est-ce que nous avons là ? demande Dante en examinant la fille assise devant lui.

Il tourne autour d'elle comme un lion traquant sa proie. Bien qu'il soit au courant du crime capté par les caméras, il veut l'entendre de première main et comprendre son ennemie.

Halsey parle en premier, sa prise toujours ferme sur l'épaule de Harper alors qu'il la maintient positionnée sur la chaise pliante en métal, face à la cellule de prison.

— J'ai attrapé la fille en train de fouiner.

— Je ne fouinais pas ! crie Harper en repoussant l'homme de son bras, mais elle ne se lève pas de la chaise.

Elle semble savoir qu'il vaut mieux ne pas essayer de fuir à nouveau. De plus, les hommes qui la dominent ont des armes.

— Que faisais-tu exactement ? demande Dante, attendant une explication, même si je n'imagine pas qu'une réponse ou une autre puisse le satisfaire.

— J'ai entendu un chiot, et je suis allée le chercher pour le laisser sortir faire ses besoins. Est-ce si horrible ? demande Harper.

Elle ne mentionne même pas qu'elle a trébuché dans le repaire de la mafia et trouvé un enfant, puis tenté de s'échapper avec lui. Pas la peine de lui rappeler ce qui s'est passé.

— Eh bien, que suggères-tu que nous fassions maintenant que tu as trouvé ce chiot ?

Dante fixe Harper froidement, attendant d'entendre son explication.

— C'est un enfant ! réplique Harper en faisant un geste vers le gamin derrière les barreaux. Quoi qu'il ait fait, c'est un enfant. Vous ne pouvez pas simplement kidnapper des enfants pour le plaisir.

— Oh, crois-moi, je n'en tire aucun plaisir, dit Dante, sa voix calme, beaucoup trop calme.

Je fais un pas en avant, repoussant Bruno en arrière et loin de moi. Vu que mon père est dans la pièce, il ne me brutalise pas comme je sais qu'il le voudrait. Il est prudent autour de Dante parce qu'après tout, je suis le fils de mon père.

— Je ne te crois pas, dis-je. Tu as assassiné des hommes ; je l'ai vu moi-même de première main.

Le front de Dante se plisse.

— Je n'ai assassiné personne, dit-il en me fixant d'un regard noir. Mon fils, ce que tu t'es convaincu d'avoir vu, c'est... faux.

Bien sûr, il reculerait à l'idée que j'ai été témoin d'un crime, un meurtre, qui plus est. Je ne m'attendais pas à ce qu'il l'admette, ni à moi, ni à personne.

— Et ça ? Comment expliquez-vous le fait que vous ayez kidnappé un enfant ? demande Harper.

Cette fille ne sait pas quand se taire.

Dante s'approche et se penche, son visage à quelques centimètres de celui de Harper.

— De mon point de vue, c'est toi qui me l'as enlevé. Je ne fais que protéger ce petit garnement. Quelqu'un doit s'occuper de cet enfant. Je ne voudrais pas qu'il se retrouve en danger, pas toi, ma chère ? demande Dante.

Il se redresse et jette un regard par-dessus son épaule vers le garçon.

Derrière moi, un autre bruit de pas légers descend l'escalier, c'est Moreno.

On dirait une réunion de famille, sauf qu'il nous manque quelques soldats sous les ordres de mon père.

— Chef, je vais m'occuper de ça, dit Moreno, permettant à mon père de retourner se coucher s'il le souhaite.

Moreno est son bras droit. Dante lui confie sa vie et ses affaires.

Dante regarde Moreno puis moi.

— Cette fille est un problème, un problème que vous avez tous les deux amené dans ma maison, sous mon toit.

Est-ce qu'il rejette la faute sur son second ?

— Je ne pouvais pas savoir qu'elle viendrait, chef. J'ai fait annuler les invitations des autres filles qui devaient assister à l'anniversaire de Nova. J'ignorais que cette fille, la petite amie de ton fils, serait présente, dit Moreno.

Il couvre clairement ses arrières et ceux de sa famille.

Je ne devrais pas être surpris. Il nous jette, Harper et moi, sous le bus.

C'est vraiment génial.

Je jette un coup d'œil à l'arme de Bruno. Je pourrais tenter de la lui arracher, mais nous sommes en infériorité numérique et certainement surpassés. Je pourrais me battre contre un, peut-être deux types, mais il y a six hommes, tous parfaitement formés, à la manière mafieuse.

— Oui, dit Dante.

Il hoche lentement la tête et se caresse la mâchoire en se tournant vers moi.

— Ce problème semble être entre mon fils et moi.

Harper tourne la tête, son regard posé sur moi. Je peux voir les rouages tourner, elle se demande ce que tout cela signifie exactement et comment diable nous allons sortir vivants de cette cave.

— Tu as tout à fait raison, Père.

Ça me fait mal d'appeler Dante mon père, mais en ce moment, je ferai tout ce qu'il faut. Si je dois jouer la comédie, donner une représentation, je vais y mettre toute mon énergie. J'espère simplement que Harper a les mêmes talents d'actrice et qu'elle va jouer le jeu. Y a-t-il une autre façon de sortir de ce désastre ?

Dante expire lourdement par le nez.

— Vraiment ?

Il semble surpris, aussi choqué que moi, que j'admette qu'il a raison.

L'homme se délecte de sa gloire, mais je ne le laisserai savourer cette victoire qu'un bref instant.

— Je n'aurais pas dû amener ma petite amie ici sans invitation, dis-je.

Je prends un moment pour rassembler mes pensées avant de continuer, espérant que ce que je vais inventer fonctionnera pour la sauver, pour nous sauver tous les deux.

— Elle n'avait aucune idée de ce qu'est cet endroit, de qui tu es, jusqu'à ce qu'un de tes hommes, Caden, lui explique tout, comme un imbécile.

Les yeux de Dante se plissent un instant, et il se tourne vers Caden et les autres hommes qui travaillent pour lui.

— Est-ce vrai ?

Halsey est le premier à hocher la tête.

— Oui, chef.

Lui et Caden sont de rang égal. Vito travaille pour Caden, je ne peux pas imaginer qu'il vendrait son patron, et Bruno, eh bien, c'est Bruno. Il vendrait sa propre sœur si l'occasion se présentait. Tout comme Matteo, qui confirme également ce qui vient de se passer.

Dante saisit l'arme de Bruno et lève le canon. Il s'arrête un instant et retire les balles supplémentaires avant de retourner le pistolet et de le tendre à Harper.

— Tu le tues, et tu pourras vivre.

— Pardon ?

Les yeux de Harper s'écarquillent.

La voix de Caden vacille lorsqu'il réagit :

— Chef, ce n'est pas nécessaire. Je jure que je ne vous trahirais jamais. Ce que j'ai dit, c'était un accident total. Je veux dire, je n'ai jamais eu l'intention de dire à la fille que nous sommes la mafia. Ça m'a échappé. Vous savez que je ne ferais jamais—

Il balbutie et supplie pour sa vie.

Dante lève une main pour faire taire Caden. Il ne souhaite pas entendre un mot de plus de ses lèvres.

Caden le prend comme une offre de paix. Je suis sûr qu'il espère, qu'il supplie mentalement, pour sa vie.

Après tout, c'est un capo, l'un des hommes de rang supérieur aux soldats. Il donne des ordres, il est précieux et digne de confiance, mais une fois la confiance brisée, aucune excuse ne peut réparer les liens brisés.

Dante guide doucement son bras vers Harper, la fait se lever et faire face à Caden.

— Abats le traître, murmure Dante à son oreille, son chuchotement assez fort pour que tout le monde l'entende. Prouve ta loyauté et ton allégeance à la famille, à mon fils, et vous vivrez tous les deux. Tu as ma parole.

L'arme dans sa main tremble alors qu'elle la lève lentement, secouant la tête en signe de refus. Tout son corps tremble, sa respiration est irrégulière, haletante. Elle est probablement en train de faire une crise de panique. Moi aussi, je suis au bord de la crise alors que j'essaie de la protéger de la seule façon que je connaisse.

Je me place entre Caden et Harper. Je ne peux pas la laisser faire ce choix. Elle n'est pas une tueuse de sang-froid.

— Elle ne va tirer sur personne, dis-je, mettant fin à cette folie qu'est le jeu de mon père.

Une expression de soulagement traverse son visage tandis qu'elle baisse l'arme et que je la prends dans mes mains. Une partie de moi veut lever cette arme, la pointer sur mon père et appuyer sur la détente.

Mais ensuite quoi ?

Je ne souhaite pas diriger la mafia, et je deviendrais l'homme que je méprise, exactement comme mon père, mais bien pire encore.

Je me tourne vers Dante.

— Harper est sous ma protection. Tu ne peux pas la toucher.

Il souffle avec dédain et penche la tête.

— Qu'est-ce qui te fait croire que tu peux m'arrêter, fils ?

Ashton jette un regard à mon père, attendant l'ordre de nous tuer tous les deux. Comme si son doigt le démangeait sur la détente, impatient d'avoir deux meurtres à son actif.

— Une alliance par mariage.

Je souffle, expirant lourdement, priant pour que ça marche. Si elle m'épouse, elle fait partie de la famille. Elle est protégée.

— Mais tu ne veux pas faire partie de la mafia, Luca, dit Dante, me rappelant ma trahison envers la famille.

Son regard se tourne vers Ashton, et il hoche la tête, comme s'il lui donnait la permission de nous tuer tous les deux.

— Ton idée manque de créativité.

Il se fout de ma gueule.

J'inspire brusquement tandis qu'Ashton pointe l'arme sur Harper et désactive la sécurité.

— Attends !

Je me place entre Harper et l'arme.

— Je viendrai travailler pour toi.

Dante lève une main vers Ashton pour lui indiquer d'attendre un moment avant de presser la détente.

— Tu travailleras pour moi, et tu l'épouseras, dit Dante, signifiant que les deux options doivent se réaliser.

Harper fronce les sourcils et secoue la tête.

— Vous ne pouvez pas dicter ma vie. Ni l'un ni l'autre !

— Apprends à te taire ! la réprimande Dante.

— Votre fils est un joueur de hockey phénoménal. Vous allez simplement le laisser gâcher ses chances d'avoir une carrière professionnelle prometteuse après l'université ?

Harper ne semble pas savoir à quel point mon père déteste le hockey. Il déteste tous les sports à moins qu'ils n'impliquent des paris et qu'il ne gagne de l'argent en tant que bookmaker.

Dante rit sombrement et se frotte l'arête du nez.

— Ta petite amie a vraiment du caractère, marmonne-t-il.

Les yeux de Dante se plissent tandis qu'il jette un coup d'œil de Harper à Moreno. C'est comme s'il cherchait un retour, ce qui est très inhabituel pour mon père.

Moreno se penche et murmure quelque chose à Dante, avant de se redresser fermement.

— Vous resterez tous les deux sous ce toit jusqu'au

mariage. Je ne peux pas risquer qu'*elle* fasse tuer quelqu'un d'autre.

Je libère un souffle nerveux tandis qu'Ashton commence à baisser son arme.

Dante continue, il n'a pas fini de parler.

— Et concernant l'entreprise familiale, tu commenceras ta formation tous les week-ends où tu n'as pas d'entraînement ou de match de hockey. Tu es censé nous rejoindre après l'obtention de ton diplôme, sauf si tu es sélectionné par la LNH. Si c'est le cas, quand ta carrière de hockey prendra fin, tu devras venir travailler pour la famille.

— Ces conditions sont acceptables, dis-je en accord, sans même regarder Harper.

Je fais ça pour lui sauver la vie ; elle doit comprendre que c'est tout ce que je veux. La protéger.

Mon père se tourne et fait face à Harper.

— Si tu me causes encore des problèmes, ne pense pas que je n'ordonnerai pas à mes hommes de te torturer et de te tuer. Tu ne dois plus jamais mettre les pieds dans cette pièce. Est-ce que c'est compris ?

Harper me regarde avant de hocher la tête.

— Oui, monsieur.

— Bien, elle apprend, dit Dante avec un sourire narquois. Vous pouvez tous les deux retourner vous coucher, mais ne me décevez pas.

Je prends la main de Harper et la conduis en haut des escaliers de la cave et à travers la maison, jusqu'à l'étage.

— Je ne veux pas être seule, murmure-t-elle, et je hoche la tête en mettant un doigt sur mes lèvres, l'avertissant d'être silencieuse.

Je prends nos deux sacs et les apporte à la salle de bain des quartiers des invités, j'allume la lumière et la ventilation, et je lui fais signe de me rejoindre à l'intérieur, puis je ferme la porte derrière nous.

Elle ouvre la bouche pour parler, et je lève un doigt et démarre la douche, m'assurant que tout son est entièrement couvert par le bruit autour de nous.

Ce n'est que maintenant que j'estime qu'il est sûr de parler.

# DOUZE

## HARPER

— Qu'est-ce qu'on va faire du petit garçon dans la cave ?

Je frissonne, la vapeur de la douche réchauffe la salle de bain, mais je suis encore gelée d'avoir couru dehors en pleine nuit.

Ou peut-être est-ce l'adrénaline qui continue de circuler dans mes veines.

Luca enlève sa chemise puis se débarrasse de son pantalon et le pousse du pied. Il tire le rideau de douche.

— Rejoins-moi.

Il ne répond pas à ma question.

Il se précipite dans la douche et se place sous le jet d'eau chaude.

Avec un soupir, je me déshabille des vêtements à lui que je porte et je le rejoins.

— Content ?

Je suis agacée qu'il ne puisse pas simplement me parler comme une personne normale.

Les bras de Luca entourent instantanément ma taille et m'attirent contre lui sous l'eau chaude.

J'expire lentement, mais je frissonne toujours et je suis au bord des larmes. Rien de tout ça n'est juste.

— Parle-moi, murmure-t-il.

Ses doigts parcourent mon dos, touchent et effleurent chaque centimètre de ma peau. Ses mains ne cessent jamais de bouger, et il me garde près de lui, ce qui nous permet aussi de partager l'eau.

— Ton père est dans la mafia ?

Je n'arrive pas à garder ma voix basse, et sa réponse est un hochement de tête silencieux.

— Tu aurais dû me le dire, putain, Luca. Avant que je vienne ici.

J'essaie de le repousser, mais son emprise sur moi ne fait que se renforcer.

— Je sais. Je ne pouvais pas, dit-il, son souffle chatouillant mon cou tandis qu'il pose ses lèvres contre ma peau nue.

Mon corps se love contre le sien, à la recherche de réconfort, de chaleur, d'affection, pendant que mon cœur est tourmenté. Je me brise de l'intérieur.

— Qu'est-ce qu'on va faire ?

Ma voix se noue dans ma gorge, et je sens les premières larmes commencer à monter.

Luca m'attire davantage sous le jet, laissant l'eau emporter les premières traces d'humidité.

— On va planifier un mariage.

Je ris sombrement.

— Tu ne peux pas être sérieux.

Il a perdu la tête s'il pense qu'on va vraiment aller jusqu'au mariage.

— On ne s'aime même pas.

Il ne peut pas me dire qu'il m'aime, je ne le croirais jamais. On n'a fait l'amour qu'une fois, hier soir, et oui, c'était putain de génial, mais il ne sait pas tout de moi.

Et clairement, je ne sais pas tout de lui non plus.

— On a le temps pour ça, murmure-t-il.

Son pouce effleure ma joue avant de caresser ma mâchoire. Il relève mon menton pour croiser mon regard.

— On va au moins dans la bonne direction.

— Vraiment ? Parce que tu m'as menti.

— Je ne pouvais pas te parler de ma famille, dit Luca.

Il ferme les yeux un bref instant, visiblement touché par ce qui se passe.

— Tu sais que ce n'est pas juste.

— Mais nous voilà, dis-je en faisant un geste vers la douche.

Luca soupire.

— Je ne suis venu ici que pour te protéger.

— Merci de ne pas t'être enfui quand j'ai sauvé le

petit, dis-je en reculant pour essayer de me libérer de son emprise.

Il me tient plus fermement.

— Ce n'est pas ce que je voulais dire et tu le sais.

— Ah bon ? Parce que je ne suis pas sûre de ce que tu veux dire. Je ne suis même plus sûre de qui tu es.

Je sors de la douche et je regarde la saleté tourbillonner au fond de la baignoire. Je ne suis pas complètement propre, je me suis juste rincée, mais rester sous la douche avec Luca n'aide pas.

— Je suis toujours moi, dit Luca en se rinçant sous le jet.

Il attrape le flacon de shampooing pendant que je saisis une serviette, me sèche et essaye de me réchauffer. J'ai froid de nouveau, mais je ne suis pas sûre que ce ne soit pas aussi son contact qui me manque déjà. Il ferme partiellement le rideau pour empêcher l'eau de couler sur le sol de la salle de bain, mais je peux toujours voir son visage et lui parler.

— Je ne sais pas ce que ça signifie. Je ne sais même pas qui tu es, dis-je. On a à peine effleuré la surface d'une relation entre nous, et maintenant on parle de plonger tête première dans le mariage. C'est insensé.

Luca rince la mousse de ses cheveux puis se tourne vers moi.

— Tu crois que j'ai envie de rejoindre mon père après l'université ? demande-t-il, regardant droit dans mon âme. Ce n'était pas ma brillante idée de venir ici ce week-end. Je suis venu pour te protéger, Harper, et c'est ce que je vais faire. Quoi qu'il arrive.

Je tire violemment le rideau de douche pour le fermer complètement. Je ne veux pas le voir maintenant.

Je sais qu'il essaie d'aider, mais il aggrave les choses.

Il doit y avoir une autre façon, une autre option ; le mariage n'est pas la solution. Ce n'est pas la solution – il y a tellement de choses qu'il ignore à mon sujet, sur ma vie, et je ne peux pas simplement l'épouser. C'est fou.

Luca laisse l'eau couler, mais sort de la douche. Il attrape une serviette et commence à se sécher pendant que je prends mon pyjama dans mon sac de voyage.

Je suis silencieuse. Je ne sais pas quoi dire, quoi faire. Peut-être qu'on peut prétendre qu'on va se marier ou simuler un mariage et puis trouver un moyen d'échapper à sa famille.

On pourrait changer d'université, déménager dans un autre État, ou même dans un autre pays.

Mais il y a aussi ma famille. Je ne peux pas simplement les abandonner. Je les appelle habituellement les week-ends, et ils se demandent probablement pourquoi ils n'ont pas de nouvelles de moi.

C'est tellement compliqué, putain, et il n'a même pas la moindre idée à quel point ça pourrait être grave, pour nous tous.

— Tu m'en veux ? demande Luca.

Il enfile un boxer et rien d'autre.

J'essaie de ne pas fixer son torse nu, mais mon corps réagit même quand je ne le veux pas. Il est magnifique, et il n'est pas mauvais ; *c'est son père le monstre.*

Mais il va devenir comme lui s'il rejoint l'entreprise familiale.

Un coup de feu étouffé résonne à travers les murs. Mes yeux s'écarquillent d'horreur et mes mains tremblent. Je crois que je vais être malade. Viennent-ils de tuer cet innocent petit garçon ou l'homme qu'ils voulaient que je tue ?

Les larmes me brûlent les yeux.

— Je ne peux pas... je ne peux pas faire ça. Je ne peux pas t'épouser et prétendre que tout va bien.

Luca hoche lentement la tête et me serre contre lui.

— Alors, toi et moi, on ne va pas faire semblant. On va être honnêtes l'un envers l'autre. Toujours. Ok ?

L'air quitte mes poumons tandis que je pousse un profond soupir.

Honnêtes.

Il n'a pas été honnête avec moi à propos de son père, de sa famille, de la mafia.

— On ne va pas faire semblant.

Je répète ses mots parce que je peux accepter d'être authentique avec Luca. J'ai toujours été sincère avec lui.

— Pas entre nous, précise-t-il. On devra peut-être faire semblant devant mes parents et les tiens...

Un autre soupir, et cette fois, j'ouvre la porte de la salle de bain.

Il se retourne, éteint la douche et se précipite à ma suite.

Luca reste silencieux, mais il est juste derrière moi.

— Montre-moi quelle chambre est la mienne, dis-je.

Son front se plisse, et il me ramène dans *sa chambre*.

— Ce n'est pas prudent pour toi de dormir seule.

Je ne proteste pas. Il a probablement raison. La dernière chose que je souhaite, c'est qu'un de ses hommes me tue dans mon sommeil.

— D'accord, dis-je en maugréant, et je me dirige vers son lit.

Je tire les draps, mais il repart dans le couloir.

Je m'apprête à lui demander ce qu'il fabrique quand il rapporte nos sacs dans la chambre et ferme doucement la porte, puis la verrouille.

— Pas de bêtises, dis-je en pointant le matelas.

— Je n'oserais pas, murmure-t-il. Je suis sûr qu'on peut partager un lit sagement.

Je le fusille du regard, incertaine de ce qu'il insinue. Suggère-t-il que j'ai commencé toute cette histoire ? J'ai peut-être trouvé le petit garçon, mais ça n'excuse pas ce qui s'est passé. Son père a kidnappé un enfant.

Je ne peux pas simplement laisser passer ça.

Même si ça doit me coûter la vie, je ne peux pas le laisser retenir un enfant en otage. Je ne sais simplement pas comment aider le garçon à s'échapper alors qu'il y a de la surveillance dans tout le manoir et que ma propre vie est en danger imminent.

À moins qu'il ne soit déjà mort.

Momentanément, je retiens mon souffle, attendant tandis que Luca se glisse sous les couvertures et blottit son corps près du mien. Il est allongé sur le côté, son bras sur son oreiller, et il me fixe du regard.

Je tremble.

Rien que d'y penser, c'est accablant.

Luca m'attire contre lui et m'entoure de ses bras. Il est chaud contre ma peau fraîche. Je frissonne et tremble, et il essaie de me rassurer.

— Tu penses que le garçon est mort ?

Je chuchote, priant pour que personne ne puisse nous entendre, mais je dois poser la question. J'ai besoin de savoir.

C'est impossible que Luca n'ait pas entendu le coup de feu pendant que nous étions dans la salle de bain.

Il secoue la tête.

— Il est peu probable qu'ils aient tué l'enfant. Ce n'est pas ainsi que mon père opère, dit-il avec un soupir triste.

Sa main se lève, et il caresse ma joue du dos de son pouce.

— Comment le sais-tu ?

Luca marque une pause pour réfléchir à ma question.

— J'ai grandi ici. Il a déjà amené des otages avant.

— Des enfants ?

— Pas que je me souvienne, mais je n'étais pas vraiment impliqué dans ses opérations. Nous ne devrions pas en parler ici. Les murs ont des oreilles, me rappelle-t-il.

Il dépose un doux baiser sur ma joue.

— Essaie de ne pas t'inquiéter.

Il ne peut pas être sérieux. Comment puis-je ne pas m'inquiéter ?

Demain, je m'échapperai et j'irai à la police. Ils devront aider, surtout quand je leur parlerai du garçon.

Luca me garde près de lui, son bras autour de ma hanche toute la nuit. Je trouve difficile de me rendormir, mais je ne veux pas quitter le lit. J'ai trop peur de me promener dans la maison, même pour aller aux toilettes. C'est trop dangereux sans Luca à mes côtés. Il est la seule chose qui empêche son père de me tuer.

Quelque part entre l'inquiétude et l'aube, je sombre dans un sommeil intermittent. Ce n'est pas vraiment paisible, mais j'obtiens quelques heures de repos.

Quand je me réveille, Luca est toujours allongé à côté de moi dans le lit, mais il est éveillé et me regarde.

— Tu es vraiment belle quand tu dors, dit-il en me rapprochant de lui, son bras autour de ma hanche.

Je détache doucement son bras de mon corps, et bien que la chaleur et sa proximité me manquent, nous ne pouvons pas faire comme si toutes ces horreurs d'hier soir n'étaient pas arrivées.

— Qu'est-ce qu'on va faire pour l'université, et nos cours ?

Si Dante a l'intention de nous garder dans sa maison jusqu'à notre mariage, ça va être problématique, à moins que nous ne nous mariions dans les prochains jours.

— Laisse-moi lui parler ce matin et voir ce qu'il dit.

J'expire profondément et roule sur le dos.

— Ok.

Ce n'est pas comme s'il y avait beaucoup d'options, et celles que j'envisage ne peuvent pas être évoquées entre ces quatre murs.

Je sors du lit et attrape mon sac, dans lequel je fouille à la recherche de vêtements à porter.

— Quelle porte mène à la salle de bain déjà ?

La dernière chose que je veux, c'est tomber sur un autre cauchemar.

Luca est allongé sur le matelas, sur le dos, un bras derrière la tête, à m'observer.

— Troisième porte, ou tu pourrais simplement te changer ici.

Il me sourit d'un air suggestif.

Je lui lance mon soutien-gorge propre.

— Je dois aller aux toilettes, et je ne veux pas me

retrouver dans la mauvaise pièce. Tu peux m'accompagner dans le couloir ?

Il touche le soutien-gorge puis le plie en deux.

— Je vais le garder.

— Pourquoi ? Nous allons nous marier. Je suis sûre que tu verras tous mes vêtements.

Il serre les lèvres, réalisant peut-être que j'ai raison. Ou peut-être pense-t-il que je joue la comédie pour les caméras ou microphones qui se cachent dans la maison.

Ma respiration se bloque dans ma gorge.

— Quoi ? demande Luca en se redressant dans le lit.

— Ta famille, ils nous ont entendus hier soir.

Je le fixe, horrifiée.

— On n'a rien dit...

Ses yeux s'écarquillent lorsqu'il réalise à quoi je fais référence. Pas notre discussion après l'arrangement qui a été conclu, mais nos activités dans la chambre.

Luca sort du lit et attrape ses vêtements tandis que je reste là, à attendre qu'il me conduise à la salle de bain.

— On leur a dit qu'on était en couple, dit Luca. Je suis sûr qu'ils ne se sont pas formalisés du fait qu'on ait couché ensemble.

— Mais ils nous ont entendus !

Luca sourit.

— Ils auraient pu nous entendre. Et qui s'en

soucie ? Ils seront tous simplement jaloux que je puisse te faire jouir plusieurs fois.

Je lui frappe le bras, déverrouille la porte de la chambre et l'ouvre d'un coup sec.

— Montre-moi où est la salle de bain.

Il m'attend dans le couloir jusqu'à ce que j'aie terminé. Après, nous échangeons nos places, et j'attends qu'il utilise la salle de bain. Il n'a pas pris la peine d'emporter ses vêtements avec lui pour s'habiller.

— Harper !

La mère de Luca arrive en trombe dans le couloir.

J'inspire brusquement et je jette un coup d'œil à la porte de la salle de bain, attendant que Luca réapparaisse. Il ferait mieux de se dépêcher.

— Dante m'a annoncé la grande nouvelle, mais je dois te demander, tu es enceinte ?

Ma respiration se bloque dans ma gorge.

Dante se précipite dans le couloir et s'arrête derrière sa femme. Il me lance un regard noir et passe un bras autour de la taille de son épouse.

— Laissons les tourtereaux tranquilles, d'accord ?

— J'essaie juste d'apprendre à mieux connaître Harper. Si elle va devenir notre belle-fille, j'aimerais avoir une relation avec elle. Et si nous, les filles, allions déjeuner et passer l'après-midi au spa pendant que les garçons font ce qu'ils font pour célébrer les fiançailles ? demande Nikki.

Ma bouche reste béante tandis que je regarde alternativement Nikki et Dante.

Est-ce que c'est un piège ? Peut-être qu'elle n'a aucune idée de ce dans quoi son mari est impliqué. J'ai tellement de questions à poser à Luca.

Je l'entends s'agiter dans la salle de bain, et finalement, il ouvre la porte.

— Qu'est-ce que tu en dis ? demande Nikki. On peut aussi inviter Nova, si tu veux.

Je reste sans voix. Nova. Sait-elle l'horreur qui se déroule sous ce toit ? Sait-elle que son père travaille pour la mafia ?

Je ne peux pas vraiment lui demander si Nikki va être dans les parages. Je regarde Luca, espérant qu'il a une idée brillante pour sauver la situation.

— Je pense qu'une journée entre filles serait une bonne idée, dit Luca en me regardant puis en jetant un coup d'œil à sa mère.

A-t-il perdu l'esprit ?

Ou peut-être qu'il se rend compte que je suis plus en sécurité avec Nikki qu'avec Dante ? Au moins, je serai hors de la prison qu'ils appellent une maison. Peut-être que je pourrai disparaître assez longtemps pour obtenir de l'aide pour le petit garçon, à moins que je ne puisse pas faire confiance à Nikki.

Les yeux de Dante se plissent, et il force un sourire. Ça n'a pas l'air le moins du monde naturel.

— Que dirais-tu de me donner ton téléphone, je

pourrais m'assurer que tu as mon numéro, au cas où tu aurais besoin de quoi que ce soit.

— Il est dans la chambre, dis-je en faisant un geste vers la chambre de Luca.

— Bien sûr. Tu veux bien me le chercher, fils ? dit-il à Luca.

— Je connais ton numéro de téléphone. Je le mettrai dans son téléphone, dit Luca avec défi.

Est-ce que Dante a l'intention d'utiliser mon téléphone pour m'espionner ? Je ne peux imaginer aucune autre raison pour laquelle il voudrait que j'aie son numéro.

Nikki prend mon bras et me conduit dans le couloir vers la cage d'escalier.

— Dante m'a dit que vous alliez tous les deux rester avec nous pendant un moment, ce que je trouve formidable, mais vous avez tous les deux des cours à suivre. Votre éducation est importante pour nous.

— Bien sûr, dis-je, contente qu'au moins Nikki semble être raisonnable. J'espérais que nous pourrions simplement venir en visite les week-ends.

Une expression étrange traverse son visage.

— Bien sûr, Harper. Tout ce que vous voulez tous les deux. J'espère que mon mari ne t'a pas fait peur en vous invitant à rester ici.

Nikki lui lance un regard noir par-dessus son épaule.

— Parfois, il peut être un peu brutal.

C'est l'euphémisme du siècle.

Je descends l'escalier aux côtés de Nikki.

Dante et Luca sont juste derrière nous.

— Peut-être devrions-nous tous sortir déjeuner pour célébrer les fiançailles, insiste Dante.

— Nous allons faire du shopping et peut-être même aller au spa. Tu veux vraiment nous accompagner pour qu'on se fasse faire les ongles ?

Nikki lance un regard noir à son mari, et il hoche la tête.

— Emmène Moreno avec vous.

— Et ça garantira que Nova ne vienne pas avec nous, dit Nikki plus pour elle-même qu'à moi. D'accord.

Elle ne semble pas vouloir argumenter avec lui.

Nous descendons, et je me rends compte que je n'ai que mes talons hauts que j'ai apportés. J'ai oublié d'apporter une deuxième paire de chaussures. Je porte un jean bleu et un pull. Les chaussures sont un peu inconfortables, mais au moins je n'ai pas à courir à travers la forêt. Luca m'a sauvé la mise avec ses énormes baskets.

Ses chaussures sont éparpillées près de la porte arrière, les miennes sont placées soigneusement à côté.

Je prends mes chaussures et mon manteau pendant qu'elle me montre une autre sortie de la maison, apparemment là où le garage est attaché.

Luca est pratiquement mon ombre pendant que je mets mes talons.

— Si tu as besoin de quoi que ce soit, appelle-moi.

J'acquiesce lentement. S'il m'envoie avec sa mère, alors je dois supposer qu'il lui fait confiance. Je tends la main vers lui et le serre rapidement contre moi, espérant que ce ne sera pas la dernière fois que je le vois.

Nikki va me protéger, n'est-ce pas ?

Moreno arrive d'un pas nonchalant dans le couloir, vêtu de son fameux costume et de ses chaussures d'un noir brillant. Il s'arrête près de la porte du garage et prend un trousseau de clés accroché au mur.

Les lèvres de Luca effleurent les miennes. Je sais que c'est pour le spectacle. Sa mère nous observe. Elle doit penser que nous sommes follement amoureux si nous sommes fiancés.

Son souffle est chaud, ses doigts m'attirent plus près contre lui et mon corps se détend instantanément, oubliant momentanément l'inquiétude et la douleur qui me torturent de l'intérieur.

Je le sens gémir, et j'interromps le baiser avant qu'il n'aille plus loin.

Luca frôle mon oreille de ses lèvres.

— Moreno est là pour assurer ta sécurité.

Je ne suis pas certaine d'être d'accord avec son évaluation, étant donné que cet homme voulait ma mort il y a moins de douze heures. Tous ces hommes avaient ordre de me tuer.

Je suppose qu'il nous accompagne pour s'assurer que je ne mentionne pas l'enfant séquestré dans le sous-sol. Ou peut-être pense-t-il que je vais m'enfuir et dénoncer le fait qu'il appartient à la mafia et a assassiné quelqu'un hier soir.

Il doit y avoir des preuves d'un corps, du sang, une scène de crime.

Même si je pouvais essayer d'appeler ou d'envoyer un texto à la police, que dirais-je exactement ? Quelles preuves ai-je ? L'enfant est-il encore au sous-sol, ou l'ont-ils déplacé ailleurs ?

Je ne connais même pas le nom du garçon. Dans la précipitation d'hier soir, je ne lui ai pas demandé. J'ai simplement fui avec lui à pied et nous nous sommes tous les deux fait prendre. Je pourrais essayer de rechercher des personnes disparues sur Google pour voir s'il y a des articles locaux.

Mais j'ai le pressentiment que la disparition de ce garçon n'a pas été signalée. Je n'ai vu aucune alerte s'afficher sur mon téléphone. Je regarde les informations, j'écoute la radio, et il n'y avait aucun reportage sur des enfants kidnappés récemment.

— Sois prudente, murmure-t-il avant de m'embrasser. Je t'aime, bébé.

Les mots coulent de la bouche de Luca ; ils sonnent naturels et pas le moins du monde répétés.

— Je t'aime aussi.

Je force un sourire.

— À plus tard.

Je lui serre la main avant de suivre Nikki et Moreno dans le garage. Il y a plusieurs véhicules, et il appuie sur le bouton pour déverrouiller la berline sombre aux vitres teintées. Les phares clignotent quand il appuie sur le bouton de sa télécommande, et je me dirige vers la banquette arrière.

Nikki fait de même, contournant le véhicule pour aller du côté opposé.

Je suis surprise qu'elle ne s'assoie pas à l'avant à côté du père de Nova.

— Vous ne voulez pas vous asseoir devant ? dis-je en montant à l'arrière.

J'espérais avoir un peu d'intimité pour consulter mon téléphone pendant le trajet.

Nikki sourit et secoue la tête.

— Je vois ce type tout le temps. Je veux apprendre à connaître ma future belle-fille, dit-elle en attachant sa ceinture. Au fait, j'espère que tu m'appelleras bientôt Maman.

L'air quitte mes poumons d'un coup, et je force un sourire.

Moreno me regarde dans le rétroviseur tandis qu'il conduit. Si je dis quelque chose de travers, j'ai l'impression qu'il n'aura aucun regret à appuyer sur la détente.

— Je dois dire que je suis surprise par ces fiançailles, avoue Nikki.

Elle s'est légèrement tournée vers moi sur son siège, son attention entièrement focalisée sur moi.

— Tu es sûre que tu n'es pas enceinte ?

— Nous avons été prudents, dis-je. Je vous promets

que ce n'est pas la raison pour laquelle nous précipitons ce mariage.

Elle hausse un sourcil, comme si j'avais dit exactement ce qu'elle voulait entendre.

— Alors pourquoi précipitez-vous ce mariage ? demande Nikki, attendant une explication.

Je ne sais pas si je peux lui faire confiance. Elle semble sincère, mais avec Moreno assis à l'avant, je ne peux pas exactement lui révéler la vérité ou lui demander des informations sur l'enfant retenu dans leur sous-sol.

Ne sait-elle pas ce que fait son mari dans la vie ?

Elle doit le savoir. Il y a des hommes qui vivent sous son toit avec eux. Ce n'est pas un mariage typique ni un foyer familial normal.

Nikki incline légèrement la tête, attendant toujours ma réponse.

— J'aime votre fils, dis-je, espérant que cette raison suffise.

Nikki repousse une mèche de ses cheveux noirs derrière son oreille. Elle m'étudie, mais je ne sais pas pourquoi. Pense-t-elle que je lui mens ?

— Tu le connais à peine. Depuis combien de temps êtes-vous ensemble ? demande Nikki. Pourquoi précipiter le mariage ?

— Parce que quand on est amoureux, on sait que c'est la bonne décision. Aucun de nous ne veut attendre. Je sais que cette décision de nous marier semble précipitée, mais nous sommes tous les deux adultes.

Nikki rit.

— À peine. Tu as quoi, dix-huit, dix-neuf ans ? devine-t-elle.

— Dix-huit, dis-je.

— Tu es à peine adulte.

Nikki jette un coup d'œil à Moreno à l'avant.

— Que dirais-tu si ta fille t'annonçait qu'elle va se marier ?

Il s'éclaircit la gorge et sa mâchoire se crispe.

— Il ne s'agit pas de Nova, répond-il en me lançant un regard noir dans le rétroviseur.

C'est un avertissement.

Je fais ce que je peux pour convaincre Nikki, et elle est l'épouse de Dante. Je n'ose même pas imaginer comment ça va se passer quand je devrai l'annoncer à mes parents.

Mon estomac se noue d'angoisse rien qu'en imaginant leur déception. J'ai tendance à les décevoir souvent. Je tripote mon sac sur mes genoux, mes doigts aussi agités que je me sens intérieurement.

— J'aime Luca, dis-je, et je suis surprise de constater à quel point je suis convaincante à voix haute. Il est formidable. Vous avez fait un travail remarquable en élevant votre fils, et je sais que nous sommes tous les deux jeunes, probablement un peu fous, mais c'est ce que nous voulons. Tous les deux.

Nikki secoue la tête.

— Je ne suis toujours pas convaincue.

Elle soupire.

— Qu'ont dit tes parents quand tu leur as annoncé les fiançailles ?

— Je ne l'ai pas encore fait. Tout s'est passé si rapidement.

Elle regarde ma main et remarque l'absence de bague de fiançailles.

— Raconte-moi comment mon fils t'a demandée en mariage.

Moreno s'agite sur le siège avant tandis qu'il nous conduit vers notre destination. Je peux voir le restaurant au loin, mais plusieurs feux de circulation nous séparent, et nous sommes arrêtés à un long feu rouge qui ne veut pas changer.

— Il s'est mis à genoux.

Le mensonge glisse facilement de mes lèvres. Ce n'est pas difficile à raconter. J'ai vu assez de films romantiques pour supposer que Luca aurait probablement fait la même chose.

— Sans bague ? demande Nikki, et je soupire.

— On la fait ajuster.

Elle secoue la tête, elle ne me croit pas.

— J'ai accès aux finances de mon fils, Harper. Tu ne peux pas me mentir.

Je pince les lèvres et hoche faiblement la tête.

— Je suis désolée, dis-je, prompte à m'excuser. Il veut m'offrir une bague. Je lui ai dit que ça n'avait pas d'importance, qu'on n'a pas besoin de faire les choses en grand, ni pour la bague, ni pour le mariage. Je serais heureuse si on allait simplement à la mairie échanger nos vœux.

Elle m'observe pendant un long moment, se demandant peut-être si je suis sincère.

— Dante et moi serions heureux de fournir les alliances si nous approuvons tous les deux votre mariage.

Je suis presque certaine que Dante ne s'y opposera pas. Pour Nikki, en revanche, le verdict n'est pas encore rendu, et mes parents, je pourrais bien me marier sans leur bénédiction.

— Tu n'as pas encore parlé avec mon mari, dit Nikki, un sourire crispé sur les lèvres. C'est généralement lui qu'il faut convaincre dans ce genre de situation.

— Luca a fait sa demande à beaucoup de filles ?

Je doute que ce soit ce qu'elle veut dire, mais je n'arrive pas à comprendre où elle veut en venir. Est-elle intentionnellement cryptique ?

Nikki rit, prise au dépourvu par ma question.

— Certainement pas. Mais Dante est un homme très traditionnel, dit-elle, comme si cela expliquait tout. Il voudra s'assurer que vous partagez les mêmes valeurs avant le mariage.

— Comme la religion et la politique ?

Je tente de deviner ce qu'elle essaie de me dire.

— Eh bien, ça aussi.

Nikki hoche la tête et fait un geste dédaigneux de la main.

— Nous verrons tout cela plus tard. Pour l'instant, je veux entendre la suite de cette demande en mariage.

Moreno s'arrête devant le restaurant.

— Ne serait-ce pas mieux d'entendre ça pendant le dîner, quand ils seront tous les deux présents ? demande Moreno.

C'est la première fois que je suis reconnaissante de son intervention.

Essaie-t-il vraiment de m'aider, ou simplement d'éviter que je répète mon histoire et que je me trompe alors que Luca donnerait sa propre version des détails ?

Nikki soupire pendant que Moreno sort du véhicule et fait le tour pour lui ouvrir la porte. Elle sort en premier, puis je me glisse à travers la banquette arrière pour sortir par la même porte.

— Je vous retrouve à l'intérieur, dit Moreno.

Pas un seul moment de paix. Enfin, peut-être un ou deux.

Moreno ferme la portière derrière nous, et j'entre dans le restaurant avec Nikki, puis je demande une table pour deux.

— Trois, me corrige Nikki.

— J'espérais qu'il s'assiérait au bar, dis-je à voix basse alors que la serveuse prend trois menus et nous conduit à une table dans le coin le plus éloigné du restaurant.

Nikki s'assied en face de moi, ce qui reste assez intime.

L'endroit est chic, avec des nappes blanches et des serviettes en tissu pliées.

Je n'ai pas particulièrement faim, ce qui a peu à voir avec l'heure et plus à voir avec ce qui s'est passé hier soir. Mais on va s'attendre à ce que je mange. Il est presque l'heure du déjeuner et j'ai déjà sauté le petit déjeuner.

Le menu n'affiche pas de prix, ce qui m'en dit suffisamment. Cet endroit est scandaleusement cher. J'espère juste que Moreno et Nikki prévoient de régler l'addition.

J'ai bien une carte de crédit pour les urgences que mes parents m'ont donnée, mais si l'addition est divisée en trois... ouais, je suis foutue.

— Parle-moi de toi, dit Nikki. Si tu ne veux pas me raconter l'histoire de la demande avant le dîner, je veux apprendre à te connaître. C'est pour ça que j'ai insisté pour qu'on sorte entre filles aujourd'hui.

Je me mords la langue sur ce commentaire de « entre filles », parce que Moreno n'est certainement pas une fille. Il est avec nous uniquement pour s'assurer que je ne fasse pas de connerie.

— Je suis en première année à Evergreen. Luca et moi sommes dans le même cours d'économie.

— C'est comme ça que vous vous êtes rencontrés ?

Je hoche la tête et attrape mon verre d'eau pour

boire une gorgée. Je sens déjà que ma gorge est sèche, mais au moins m'en tenir à la vérité est facile.

— Oui, il s'asseyait toujours à côté de moi en cours, il voulait emprunter mes notes, et il m'accompagnait à mon cours suivant quand on finissait l'économie.

— C'est mignon.

Nikki sourit, et je peux sentir sa chaleur sincère rayonner vers moi.

— Continue. Comment êtes-vous passés des cours à ça ?

— J'ai eu du mal avec certains concepts de base en cours. Luca est vraiment intelligent.

Je n'ai pas besoin de mentir. C'est vrai, il se débrouille tellement mieux que moi dans notre cours d'économie.

— Il m'a aidée à réviser après les cours. Il est toujours capable d'expliquer tout ce qu'on a appris d'une façon que je peux réellement comprendre. Je vous assure, il devrait être professeur. On a commencé à avoir ces séances d'étude, juste nous deux—

— Oh ?

Nikki hausse un sourcil et lève une main.

— Je n'ai pas besoin des détails sexuels. Merci de les garder pour toi.

Je ne peux m'empêcher de rire. Rien de sexuel ne s'est produit pendant nos séances d'étude, mais peut-être que le fait qu'elle le pense rend l'histoire plus crédible. Je souris sans honte et enroule une mèche de mes cheveux, essayant d'agir de façon aguicheuse comme si je pensais à Luca d'une manière sexuelle.

Ce qui n'est vraiment pas si difficile après la nuit dernière. Le simple souvenir de ses lèvres en train d'embrasser chaque centimètre de mon corps et de son sexe qui m'a rendue folle suffit à réveiller les sentiments enfouis au plus profond de moi.

Après un moment, je ris, espérant que mes joues rougies l'aideront peut-être à croire à l'histoire.

— Eh bien, je suppose que vous comprenez. On a étudié, il m'a aidée à réussir l'examen. Honnêtement, Luca est un mec vraiment génial. C'est absolument le meilleur et il me rend heureuse.

Rien que des vérités vraies.

Il me rend heureuse.

La plupart du temps.

Moreno arrive d'un pas nonchalant, et je réalise que le moment propice pour lui poser des questions personnelles et confidentielles est largement passé. Merde, j'aurais dû garder le contrôle de la situation.

— Qu'est-ce que j'ai manqué ? demande Moreno en prenant place à la table à côté de moi.

— Juste une conversation entre filles sur la vie amoureuse de Harper.

Elle me fait un clin d'œil, et je réprime un gémissement.

— Alors, j'imagine que tu as assisté à ses matchs de hockey. Tu es fan de sport ? demande Nikki. Tu sais combien mon fils adore le hockey.

— Je n'étais pas vraiment intéressée par le sport en grandissant, mais Luca semble changer ça. Je suis allée à mon premier match de hockey ce semestre.

Ce n'est définitivement pas un mensonge. Même si je ne suis pas restée jusqu'à la fin du match. C'était brutal de voir Luca se faire tabasser. Je ne veux pas inquiéter Nikki, donc je m'en tiens à l'essentiel.

— Qu'est-ce que tu en as pensé ? demande-t-elle, voulant mon opinion sincère.

— C'est un sport brutal.

Une autre vérité facile. Personne ne peut dire que le hockey est un sport délicat.

Nikki rit.

— Tout à fait d'accord. Mais rien n'a jamais pu l'empêcher de jouer. Il porte des patins depuis l'âge de quatre ans.

— Wow.

Je suis surprise qu'il s'y intéresse depuis si longtemps. Je ne lui ai jamais posé de questions sur le hockey, principalement parce que je déteste le sport et je ne pensais vraiment pas que nous deviendrions plus qu'amis.

— Qui lui a fait découvrir le hockey ?

— Certainement pas mon mari.

Nikki force un rire et Moreno lève les yeux au ciel.

— Dante déteste le hockey, dit Moreno, se joignant à la conversation.

— Il n'aime pas l'idée que son fils se blesse, dit Nikki pour défendre son mari. Je l'ai emmené faire du patin à glace quand il était petit, et il a adoré ça. Luca avait un talent naturel sur la glace, et il a vu des enfants jouer au hockey sur le chemin du retour de la patinoire. Il avait six ans à l'époque et il a trouvé que ça avait l'air très amusant. Il nous a suppliés de l'inscrire.

— Dante n'était pas ravi, dit Moreno, le visage sombre. Mais Luca a demandé un abonnement au club comme cadeau de Noël et, eh bien, il donnerait n'importe quoi à ce garçon.

Je me demande si ce même Dante existe encore à l'intérieur de ce monstre froid et calculateur. Était-il déjà dans la mafia à cette époque, ou y a-t-il adhéré quand Luca était enfant ?

Ce n'est pas une question que je pose à Moreno ou Nikki.

— Dante n'est toujours pas ravi que Luca joue au hockey. Il s'inquiète simplement que son fils se blesse, dit Nikki.

Moreno lui lance un regard noir. J'ai le sentiment qu'il y a plus que de simples inquiétudes pour sa santé générale, mais je n'insiste pas. Je sais me tenir quand Moreno est impliqué. Il n'est pas près de m'aider.

— Assez parlé de Luca. J'aurais pensé qu'il t'aurait déjà raconté tout ça, dit-elle en m'évaluant du regard. Alors, tu n'aimes pas tellement le sport. Tu as pratiqué un sport quand tu étais enfant ?

— Est-ce que le bowling compte ?

Cela arrache un léger rire à Moreno et Nikki.

Je n'aurais jamais pensé voir Moreno se détendre,

mais je suppose que même les méchants peuvent rire une fois dans leur vie.

La serveuse vient et nous commandons le déjeuner. Je suis soulagée par cette pause dans les questions. J'ai l'impression de subir un interrogatoire, quoique très léger. Ce qui n'est pas surprenant, puisque j'ai été invitée à déjeuner seule avec Nikki.

Mais nous ne sommes pas vraiment seules, étant donné que Moreno s'est joint à nous. Pourquoi ne pouvions-nous pas laisser Luca venir aussi ? Cela aurait au moins rendu l'expérience un peu plus agréable.

Je continue à penser à ce garçon dans le sous-sol. Nikki semble assez gentille, mais je ne suis pas sûre de pouvoir lui faire confiance.

Je m'excuse pour aller aux toilettes et j'emporte mon sac à main. C'est à seulement quelques pas de notre table, et je savoure le fait qu'il s'agisse d'une salle de bain individuelle où je peux fermer et verrouiller la porte.

Je n'ai pas vraiment besoin d'y aller. J'ai juste besoin d'une pause de toutes ces questions. Je fouille dans mon sac à main pour chercher mon téléphone.

Il n'y est pas.

Est-ce que Luca a pris mon téléphone pour y mettre le numéro de Dante et a oublié de me le rendre ?

Merde. Je ne pense pas l'avoir récupéré à l'étage

avant de partir. Voilà qui anéantit toute chance d'essayer d'obtenir de l'aide pour le garçon.

Je grommelle, je ne peux même pas tenter de chercher des informations sur l'enfant disparu. Je regarde autour de moi dans la salle de bain. Il y a une serviette en papier sur laquelle je pourrais écrire, peut-être laisser un message pour que quelqu'un aide, mais en cherchant, je constate qu'il n'y a pas non plus de stylo dans mon sac.

D'habitude, j'ai toujours un stylo sur moi.

Étrange.

Est-ce que quelqu'un a fouillé dans mes affaires avant que je ne quitte la maison ? Je me sens bizarrement suspicieuse, mais ça pourrait être juste une coïncidence. Peut-être que j'ai utilisé le stylo et j'ai oublié de le remettre avec mes affaires.

Je finis aux toilettes et je sors pour revenir à la table. Nikki et Moreno ont une conversation amicale à propos de moi, apparemment.

— Je disais justement à Moreno comme c'est agréable de rencontrer une petite amie de Luca. Il n'a jamais ramené de fille à la maison avant. Nous devrions inviter tes parents à se joindre à nous pour dîner le week-end prochain.

— Le week-end prochain ?

Ma voix se bloque dans ma gorge.

Je ne suis pas prête à parler de Luca ou des fiançailles à mes parents. Et tout faire dans les prochains jours me donne le vertige. Je tends la main vers mon verre d'eau, j'ai besoin d'une autre gorgée.

— Oui, à moins qu'ils n'aient déjà des projets. Alors nous pouvons essayer le week-end suivant, insiste Nikki. Je suis sûre qu'ils ont un peu de temps libre. J'imagine qu'ils aimeraient connaître la famille que leur fille va rejoindre par mariage.

Nikki prononce ces mots avec un sourire chaleureux, mais je ne peux m'empêcher de me demander ce qu'elle sait exactement.

Moreno me transperce du regard.

— Elle a raison. Ce serait bien que nos familles se rencontrent et apprennent à se connaître.

Je ne sais pas pourquoi, mais j'ai l'impression que c'est une menace, son désir de rencontrer ma famille. Il a déjà précisé que si je n'épouse pas Luca, je suis morte.

La dernière chose que je souhaite est de mettre ma famille en danger. Ils n'ont rien fait de mal.

— Je ne suis pas sûre qu'ils seront ravis de nos fiançailles.

— C'est un point sur lequel nous sommes d'accord, dit Nikki en me fixant. Mais tu me plais bien, Harper. Tu sembles être quelqu'un de bien. Je souhaiterais simplement que mon fils et toi attendiez un peu plus longtemps avant de vous précipiter dans le mariage.

Comment lui dire que ce n'était pas mon idée ? Et même si c'était celle de Luca, il l'a fait uniquement pour me protéger.

Il ne veut pas m'épouser.

Comment le pourrait-il ? Nous sommes tous les deux encore à l'université. Nous nous connaissons à peine. Nous avons juste effleuré la surface et nous ne sommes même pas encore sortis pour notre premier vrai rendez-vous.

Nous avions prévu de le faire ce week-end après mon retour de l'anniversaire de Nova. Je ne sais pas quand on me permettra de partir.

Comme je ne dis rien, Moreno prend enfin la parole.

Je n'ai pas la moindre idée des mots qui vont sortir de ses lèvres, mais il me regarde et hoche la tête.

— Elle suit son cœur.

— Tu approuves leurs fiançailles ? demande Nikki en fixant Moreno d'un regard appuyé. Tu ne réagirais pas comme ça si c'était ta fille.

— Nova ne se marie pas, déclare Moreno d'un ton factuel. Il ne s'agit pas *d'elle*.

C'est presque comme si je n'étais pas assise à table, et franchement, ça me conviendrait. Je préférerais qu'ils parlent de moi plutôt que d'avoir à défendre les raisons pour lesquelles j'épouse Luca.

Moreno me donne un coup de pied sous la table, et je tousse en attrapant mon verre d'eau.

Est-il toujours un tel connard ? Nova n'a jamais mentionné ses parents, du moins pas sous un aspect violent. Mais Luca non plus, d'ailleurs.

Je prends une gorgée puis jette un regard entre eux.

— Est-ce à cela que je dois m'attendre, mes parents qui se chamaillent quand nous annoncerons nos fiançailles ?

Nikki rit.

— Nous ne sommes pas mariés.

Elle s'empresse de me rappeler qu'ils ne sont pas en couple.

Ouais, eh bien, Luca et moi sommes à peine un couple aussi. Regardez où ça nous mène. Je me retiens et évite de dire quelque chose de déplacé.

— Nikki craint simplement que tu n'épouses son fils pour les mauvaises raisons, dit Moreno en me fusillant du regard.

— Ne me fais pas dire ce que je n'ai pas dit, le réprimande Nikki.

Cette femme a du caractère.

En fait, je l'aime bien.

Peut-être que nous pourrions nous entendre. Si elle parle ainsi à Moreno, je ne peux qu'imaginer comment elle doit tenir tête à son mari mafieux.

La serveuse apporte nos plats à table, et je fixe mes pâtes, l'estomac noué. Je ne peux pas manger. L'odeur de la nourriture est écrasante, et je m'excuse pour filer à toute vitesse vers les toilettes une fois de plus.

Mais cette fois, j'entends Nikki alors que je m'éloigne précipitamment.

— Tu es sûr qu'elle n'est pas enceinte ?

Je ne suis définitivement pas enceinte. Ça fait douze heures que Luca et moi avons couché ensemble. Nous avons utilisé un préservatif, je prends la pilule, et les symptômes de grossesse n'apparaissent pas aussi vite.

Non, c'est une crise d'angoisse à cent pour cent parce qu'on me force à épouser un homme dont le père dirige la mafia.

J'ouvre le robinet et me penche au-dessus du lavabo, mes mains agrippent la porcelaine tandis que je fixe l'eau qui coule.

Haletante, j'essaie de ralentir ma respiration, mon rythme cardiaque, et le million de pensées et de craintes qui tourbillonnent dans ma tête.

Ce n'est pas seulement ma vie qui est bouleversée.

J'aimerais vraiment avoir mon téléphone pour envoyer un message à Luca. Il est la seule personne qui comprend ce que je traverse. Il le vit aussi.

*Je ne suis pas seule.*

Sauf que, en ce moment, c'est exactement comme ça que je me sens, complètement, totalement seule et dépassée. Je me rince le visage à l'eau froide, espérant que mes joues rosies retrouveront leur teinte habituelle.

J'ai chaud et je me sens moite et nauséeuse.

Mais je ne pense pas que je vais vraiment vomir.

C'est juste la peur qui me traverse comme un courant électrique sans issue. Je brûle de l'intérieur, et pas dans le sens agréable et frémissant de l'excitation. Cette sensation pique ma peau, mes muscles, envoyant des signaux de douleur de mon cerveau jusqu'à mes orteils.

Tout me fait mal.

C'est une vraie agonie, et ils ne m'ont rien fait.

La mafia ne m'a pas touchée physiquement. Certes, ils m'ont maîtrisée hier soir, menacée de mort, mais je n'ai pas de cicatrices réelles.

Émotionnellement, cependant, je suis un désastre.

Comment vais-je expliquer cela à mes parents ? Ils n'accepteront jamais Luca, certainement pas après l'avoir connu pendant un semestre.

Et ses parents ? J'ai peur de présenter ma famille à la sienne. Et si mes parents voyaient à travers cette horreur et réalisaient que les monstres qui se cachent dans l'ombre deviendront ma famille ?

Ils n'accepteront pas Luca s'ils ont le moindre soupçon de ce qui se passe.

Et même si ce n'est pas le cas et que tout se passe bien, il y a peu de chances qu'ils soient heureux de la nouvelle de nos fiançailles.

Je peux feindre beaucoup de choses, mais prétendre être enthousiaste pour un mariage dont aucun de nous ne veut, ils verront clair dans mon jeu.

Il y a un léger coup à la porte des toilettes.

— Il y a quelqu'un !

— Est-ce que ça va là-dedans ? demande Nikki à travers la porte.

Non, je ne vais pas bien du tout. Mais je ne peux

pas lui dire ça, pas avec Moreno qui me fixe à la table du restaurant. J'envisage mes options ; aucune n'est idéale, et finalement, j'ouvre la porte des toilettes pour la laisser entrer avec moi.

— Je suis en train de faire une crise d'angoisse.

J'opte pour la vérité en la regardant, priant pour qu'elle n'insiste pas et ne me demande pas pourquoi.

Elle prend mes mains dans les siennes.

— Pourquoi est-ce que tu paniques ? demande-t-elle, sa voix calme, posée, son attention entièrement tournée vers moi.

Nous ne sommes que toutes les deux. Je pourrais tout lui dire – à propos du garçon dans le sous-sol, du mariage forcé, son mari mafieux – mais à la place, je secoue la tête, tremblante.

— Je suis dépassée, dis-je.

C'est la vérité, mais c'est une vérité discrète, comparée aux véritables raisons de mon état.

— À cause du mariage ? demande-t-elle.

— Mes parents vont péter un câble quand je vais leur dire. Vous n'avez aucune idée à quel point ils sont bienveillants, mais ça... ça va les détruire.

Nikki hoche lentement la tête et sa respiration est douce et calme.

— Respire avec moi, dit-elle, me guidant pour inspirer, retenir, et expirer.

J'ai du mal à respirer, mon cœur s'emballe, je suffoque.

Ses mains entourent mes hanches pour me stabiliser.

— Essayons autre chose. L'ancrage, dit-elle.

J'acquiesce et tremble alors que mes entrailles commencent à se transformer en gelée.

— Nomme trois couleurs que tu vois.

— Beige, dis-je en fixant le carrelage des murs de la salle de bain.

Elle hoche la tête en signe d'approbation.

— Quoi d'autre ?

— Gris et blanc, dis-je en étudiant les marbrures et les tourbillons du lavabo en porcelaine.

Ma respiration devient moins erratique.

— Bien. Donne-moi deux autres couleurs.

— Vert olive, dis-je en fixant le distributeur de savon, et rose.

Le savon est d'une horrible teinte rose fluo.

Un sourire se dessine au coin de ses lèvres.

— La thérapie m'a appris à travailler sur l'ancrage quand les choses deviennent... écrasantes, dit-elle.

Elle ferme le robinet qui a coulé tout ce temps en arrière-plan.

On frappe fortement à la porte de la salle de bain.

— Tout va bien, Moreno, crie Nikki à travers l'épaisse porte.

— Juste pour vérifier.

Je peux l'imaginer grommeler alors qu'il retourne à sa place à table.

— Y a-t-il autre chose qui te tracasse ? demande Nikki.

C'est maintenant le moment de lui dire la vérité sur le garçon d'hier soir. L'enfant enfermé dans une cage au sous-sol.

Je lève les yeux, croise son regard, mais les mots ne viennent pas.

C'est la femme de Dante, et je voudrais lui faire confiance, mais je ne suis pas sûre qu'elle puisse m'aider même si j'essayais. Moreno nous attend.

De plus, elle doit savoir dans quoi il trempe ; il est impossible qu'une femme aussi intelligente que Nikki ne soit pas au courant de ce qui se passe sous son toit.

Nous avons été mises à la porte hier soir quand, je suppose, ils ont amené l'enfant dans la prison du sous-sol. Je doute qu'ils l'aient mise à la porte de sa propre maison.

Est-ce qu'elle sait ?

Elle ne me semble pas être le genre de personne à s'impliquer dans la mafia. Au premier abord, elle a l'air d'une mère décente, inquiète pour son fils, qui veut savoir pourquoi nous nous précipitons dans un mariage alors que nous nous connaissons à peine.

Mais j'hésite à lui faire confiance.

Elle est mariée avec lui. Elle doit savoir quelque chose. On ne vit pas dans une maison avec des dizaines d'hommes qui patrouillent sur la propriété sans poser de questions.

Ou, dans mon cas, sans fouiner.

Pas que j'avais l'intention de me faufiler et de chercher quoi que ce soit, à part le chiot gémissant que je pensais avoir entendu. J'imagine que les Ricci n'ont pas d'animal de compagnie.

— Quoi que ce soit ? demande à nouveau Nikki.

Elle relâche sa prise sur moi maintenant que je suis stable, ancrée, et que je me sens mieux.

— Il n'y a que nous deux.

C'est vrai qu'il n'y a que nous deux, mais je ne peux pas lui faire confiance à moins qu'elle ne me fasse confiance en premier.

Elle ne m'a donné aucune indication que sa vie pourrait être en danger. Elle ne me dit pas de m'enfuir, de me protéger ou de protéger Luca. Je veux lui faire confiance, mais je me demande si c'est un espoir naïf qui me pousse à ouvrir les lèvres.

Aucun mot ne sort.

C'est peut-être mieux ainsi.

La peur me rend muette et m'empêche de faire confiance à sa mère.

Je ne peux m'empêcher de réaliser que lorsque je suis partie aujourd'hui avec Nikki, tout notre après-midi était déjà planifié. Du restaurant à notre journée au spa, que je commence maintenant à regretter.

Dante s'est assuré que je n'irais nulle part sans qu'un voyou de la mafia ne me suive.

On ne m'a jamais demandé où je voulais manger ou quel type de nourriture j'aimerais. Moreno a pris la décision pour nous, ou peut-être Dante l'avait-il prise avant notre départ.

Est-ce que ce sera comme ça sur le campus ?

Moreno ou un autre des hommes de Dante qui prend des décisions pour moi, me suit partout, mon ombre constante et inévitable ?

— Tu penses être prête à retourner à table ? demande Nikki face à mon silence.

— Oui, dis-je, espérant pouvoir avaler quelques bouchées de pâtes.

— Bien. Essaie de ne pas trop stresser. Je sais que les choses pourraient devenir un peu difficiles, mais je te promets que je suis là pour toi, dit Nikki.

J'aimerais la croire, mais je n'en suis pas sûre. La seule personne en qui j'ai confiance est Luca, mais je ne peux même pas le contacter parce que je n'ai pas mon téléphone.

# TREIZE

LUCA

Nova me fonce dessus tête la première puis m'attrape le bras pour me traîner hors du couloir jusque dans le dressing. Le dressing est immense, et bien qu'il ait été conçu pour les manteaux et les chaussures, il y a un recoin au fond avec une fenêtre en vitrail qui donne sur la cour arrière.

La lumière naturelle traverse la fenêtre, nous permettant de ne pas être littéralement dans le noir.

— Ça va ?

Je peux sentir son angoisse. Je ne suis simplement pas sûr de ce qui l'inquiète autant.

— Où est Harper ? demande Nova, la voix nouée. Je n'arrive pas à la trouver, et hier soir, beaucoup de merde s'est passée. Tu sais ce qui est arrivé ? Rhys est resté devant ma porte et ne m'a pas laissée quitter ma chambre.

Elle panique, et je ne peux pas lui en vouloir.

Je sens la panique m'envahir depuis hier soir, et l'angoisse ne m'a toujours pas quitté. Je me sentirai mieux quand elle sera de retour à la maison, ou du moins, de retour ici dans le domaine.

— Elle est sortie avec Maman, dis-je.

— Ta mère ? demande Nova, les sourcils froncés alors qu'elle essaie de comprendre l'information. Et pourquoi ?

— Ma mère, dis-je en grimaçant.

Je ne suis pas sûr de ce que je dois dire à Nova.

— Les choses ont vraiment mal tourné hier soir.

— Merde.

Nova ferme les yeux et se pince l'arête du nez.

— Je n'aurais jamais dû l'inviter, c'était stupide de ma part.

Je voudrais bien être d'accord avec Nova. C'est en partie de sa faute si on est dans ce pétrin, mais je ne vais pas la blâmer. Nous sommes tous responsables.

— Ce qui est fait est fait, dis-je.

On ne peut pas changer le passé, même si j'aimerais qu'on soit une semaine en arrière, ou même quelques jours plus tôt.

— Qu'est-ce qui s'est passé hier soir ? Tu le sais ? J'ai entendu un coup de feu.

Je la regarde d'un air entendu.

— On l'a tous entendu. Je suis presque sûr que c'est Caden qui s'est fait tuer.

— Un putain de capo ?

La mâchoire de Nova se décroche.

— Pas possible. Ton père n'aurait pas ordonné son exécution.

— Il a avoué à Harper qu'ils sont de la mafia.

— Bordel de merde, halète-t-elle en arpentant le dressing de long en large. Où est Harper maintenant ?

— Avec ma mère, dis-je à nouveau.

Je pensais le lui avoir déjà dit, mais elle est en pleine crise, et je fais de mon mieux pour rester calme.

— Harper a erré jusqu'à la cave qui sert de prison.

— Oh putain !

Je la réprimanderais si je n'utilisais pas le même langage.

— Il y a un problème plus grave.

— Plus grave que Harper… oh mon Dieu, est-ce qu'elle est retenue en bas ? Non, attends, tu as dit qu'elle est avec ta mère.

Elle essaie désespérément de suivre.

— Comment est-elle passée de témoin de la prison à sortir avec ta mère ?

— Tu vas devoir t'asseoir pour entendre ça.

Je désigne le banc près de la fenêtre. C'est du bois, pas très confortable, mais ça fera l'affaire.

Mal à l'aise, elle s'assied et joint ses mains, mais elle ne cesse de s'agiter.

Je peux sentir la nervosité qui émane d'elle, et je suis rongé par la même culpabilité que Nova doit ressentir.

— Harper a entendu quelqu'un pleurer et elle s'est

retrouvée dans le sous-sol hier soir. Il s'avère que mon père retient un petit garçon en otage.

— Ton père est un monstre !

Nova bondit de son siège.

Je lui indique de se rasseoir.

— Ce n'est pas tout ?

— Tu penses que Harper serait simplement retournée se coucher après ça ?

Les yeux de Nova s'écarquillent lorsqu'elle réalise que quelque chose de pire a dû se produire. Elle attend que je termine l'histoire.

— Harper a essayé de s'échapper avec le garçon. J'ai tenté de l'aider, mais elle s'est fait prendre près de la clôture et ramener ici. Le pire, c'est que j'ai reçu l'ordre de la tuer, et Ashton avait des ordres de mon père pour nous tuer tous les deux si je ne le faisais pas.

Nova est assise au bord du banc, ses mains agrippées au siège.

— Tu ne l'as évidemment pas tuée.

— Elle va bien, en grande partie, dis-je avec un souffle lourd. Dante voulait qu'elle tue Caden. Elle n'a pas ça en elle, et je n'allais pas la laisser appuyer sur la détente. Alors, j'ai trouvé une solution.

Nova fronce les sourcils.

— Tu as trouvé une solution ?

Elle n'est pas convaincue. Pour être honnête, je suis de moins en moins convaincu par cette idée à mesure que j'y réfléchis.

— On va se marier, je rejoins l'entreprise de mon

père après l'université, sauf si je peux être sélectionné par la NHL. Ensuite, quand j'aurai terminé avec le hockey, je serai forcé de travailler pour lui.

Elle pose sa tête dans ses mains, le poids de tout cela pesant lourdement sur elle.

— Tu vas épouser Harper ?

— Je ne vois pas d'autre choix, dis-je. Tu sais comment Dante n'arrête pas de rabâcher qu'il faut protéger la famille. Donc je fais de Harper un membre de notre famille.

Nova relève lentement la tête et me regarde.

— Mais tu te condamnes à travailler pour Dante, dit-elle. Tu détestes ton père. Tu as toujours juré que tu ne deviendrais jamais comme lui, que tu ne travaillerais jamais pour lui. Je sais que tu tiens à Harper, mais peut-être qu'il y a une autre solution.

— Je vais devoir m'assurer d'être sélectionné en NHL, dis-je.

C'est la seule réponse qui me donne une chance de liberté.

— Tu n'es pas seul, Luca. On va trouver une solution, dit Nova.

— Merci.

— Alors, pourquoi Harper est avec ta mère ? demande-t-elle pour la énième fois.

— Maman a eu vent ce matin de nos fiançailles expresses. Elle veut apprendre à connaître Harper et elle est probablement en train de lui faire subir son propre style d'interrogatoire.

— Ce n'est pas une bonne nouvelle, vu que ta mère est la fille de Gino DeLuca.

C'était un autre chef de la mafia, maintenant ce n'est plus qu'un cadavre.

— Ouais, mais Harper ne sait pas ça. Elle ne savait pas que cet endroit était un domaine de la mafia jusqu'à ce que Caden utilise le mot en *m*.

— Maman, glousse Nova.

— Tu vois ce que je veux dire.

Je ne voulais même pas revenir ici. Je ne l'aurais pas fait si ce n'était pas pour la fête d'anniversaire de Nova.

J'avale ma culpabilité, c'est à moi de l'assumer. J'aurais dû me réveiller quand Harper est sortie du lit. C'était mon devoir de la protéger, et j'ai lamentablement échoué.

— Qu'est-ce qu'on va faire pour ce garçon ? demande Nova, la tête penchée sur le côté alors qu'elle me regarde.

J'apprécie qu'on soit sur la même longueur d'onde. Nous avons toujours été des alliés sous ce toit, et bien que nos pères approuvent la violence, aucun de nous ne veut qu'il y ait plus d'effusion de sang.

Nova a perdu sa mère et sa nounou quand elle était petite.

Je ne sais pas comment elle a pu pardonner à son père. Si Maman avait péri, je n'aurais jamais pardonné à Dante. Bordel, je ne lui pardonne toujours pas ce dont j'ai été témoin enfant.

— Je ne peux pas demander à Dante, dis-je en la

fixant d'un regard entendu. Je peux créer une autre diversion, mais il y a des caméras, et je ne suis pas sûr que ma ruse fonctionne à nouveau.

— Je parlerai à mon père dès qu'il reviendra avec Harper, dit Nova. On a le nom du garçon ? Peut-être qu'on pourrait faire un peu de reconnaissance et découvrir de qui il s''agit.

— Non, et Harper ne l'a pas mentionné.

Je me frotte la nuque. L'anxiété me pique la peau.

— Je pourrais envoyer un tuyau anonyme—

— Et faire descendre la police ici ?

Nova se lève et s'exclame.

— Tu pourrais tous nous faire tuer !

La porte du dressing s'ouvre brusquement sans prévenir, et Dante nous fixe alors que nous tenons notre petite réunion secrète.

Qu'a-t-il entendu ? Je sais qu'il vaut mieux ne pas demander, mais cela me pèse lourdement.

— Rien ne passe inaperçu sous mon toit, dit Dante, sa voix glaciale tandis qu'il nous fait signe de sortir du placard.

Nova me dépasse en vitesse, sachant qu'il ne faut pas contrarier le chef.

Je prends mon temps, je m'arrête à l'entrée du couloir, et je plonge mon regard dans ses yeux glacés.

— Je serai peut-être forcé de travailler pour toi, mais je ne te ferai jamais confiance, dis-je avec rage.

Dante ne bronche même pas.

— Je peux vivre avec ta haine, fils. Je l'ai fait

pendant des années. Ta fiancée sera bientôt de retour. Je te suggère de te concentrer sur *ça* plutôt que sur ce que vous deux étiez en train de comploter.

Je souffle entre mes dents et le dépasse pour sortir dans le couloir.

Au moins, il ne sait pas ce dont nous parlions. S'il le savait, il me jetterait probablement dans la cellule de prison avec cet enfant.

J'ignore Dante et j'avance d'un pas décidé dans le couloir. Nova s'est déjà éclipsée, probablement pour rester hors du chemin de mon père. Je ne lui en veux pas, elle est intelligente. Elle vit encore sous son toit jusqu'à l'obtention de son diplôme dans quelques semaines.

Il fouille dans la poche de sa veste, en sort son téléphone et jette un coup d'œil à l'écran. Je peux voir qu'il suit Maman avec son application, et je lève les yeux au ciel en me dirigeant vers la cuisine.

Je n'ai presque rien mangé aujourd'hui, mon estomac fait des cabrioles après la nuit dernière, mais peut-être qu'une tasse de café pourrait au moins tenir à distance le mal de tête imminent.

La cuisine est une pièce que je connais bien, et même s'ils ont un chef personnel, je préfère faire les choses moi-même, à ma façon.

Quelques minutes plus tard, j'entends l'agitation dans le couloir alors que Maman et Harper nous rejoignent à l'intérieur.

Je pousse un soupir de soulagement, non pas parce

que je craignais que Maman fasse quelque chose à Harper, mais parce que Moreno était avec elles. Le café est presque prêt, mais il va devoir attendre. Je me précipite pour voir comment va Harper, enroulant instantanément mes bras autour de sa taille.

Elle se penche dans mon étreinte et expire doucement comme si elle avait retenu son souffle toute la journée. Je sais qu'il vaut mieux ne pas lui demander si elle va bien. Elle commence à déboutonner son manteau, et je pose mes mains sur les siennes.

— Si on allait faire une promenade ?

Je fais cette suggestion parce que nous avons besoin d'intimité pour discuter.

— Oh, ok.

Harper acquiesce volontiers, et j'enfile mon manteau et mes chaussures, puis je l'accompagne dehors par la porte arrière vers le jardin. Bien qu'il y ait des caméras à l'extérieur, elles ne captent pas le son.

Je tiens sa main pendant que nous marchons, refusant de la lâcher. J'ai besoin de la sentir pour savoir qu'elle est vraiment en sécurité.

— Comment se sont passés le déjeuner et le spa avec Maman ?

— On a seulement déjeuné, répond Harper.

Un souffle d'air lourd s'échappe de ses poumons.

— Ça s'est si bien passé, hein ?

Je peux sentir sa frustration.

Nous marchons côte à côte à travers le jardin et

dans la forêt, où l'atmosphère semble au moins paisible. Je sais que ce n'est qu'une apparence – la nuit dernière, elle courait ici pour essayer de s'échapper avec l'enfant.

— Ta mère semble gentille, mais je ne sais pas... Moreno était avec nous tout le temps. J'ai vraiment eu l'impression qu'il était là pour s'assurer que je ne dise rien à ta mère sur la nuit dernière.

Je tire sa main et m'arrête de marcher.

— Je suis sûr que Maman sait ce qui s'est passé.

Harper me regarde, confuse.

— Comment ?

— Il le lui a probablement dit. Il n'y a aucune chance qu'elle n'ait pas entendu le coup de feu hier soir ou les hommes qui ont envahi la propriété. Nova s'est réveillée, ils avaient un garde devant sa porte.

— Oh, murmure Harper, les yeux écarquillés. Tu penses que... c'était un test ?

Ses joues rougissent, et je ne peux qu'espérer que si c'était le cas, elle l'a réussi.

— Dis-moi ce qui s'est passé.

Elle me raconte les événements du déjeuner, comment ma mère a posé des questions sur nous. Rien ne semble suspect jusqu'à ce qu'elle admette que Maman est venue vérifier comment elle allait dans les toilettes quand elle ne pouvait pas manger son déjeuner.

— Je jure que je n'ai pas mentionné le petit garçon,

chuchote Harper. J'ai failli le faire, mais j'ai pensé que ce n'était pas une bonne idée.

— Bien. Qu'est-ce que tu lui as dit ?

— Que j'avais une crise de panique et que j'étais dépassée. Ce n'est pas un mensonge.

Mon cœur se serre en entendant ce que Harper traverse. Je la serre plus fort, plus près, l'entourant de mes bras. Son fichu manteau est dans le chemin, mais peu importe. Mes doigts se déplacent vers sa joue et caressent sa peau douce tandis que je glisse mes doigts dans ses cheveux et que je rapproche ses lèvres des miennes.

— On est dans cette galère ensemble, dis-je tout bas.

Elle frissonne et sourit faiblement.

— Oui, je sais.

— Rentrons si tu as froid.

Je la raccompagne à l'intérieur de la maison. Il y fait plusieurs degrés de plus, et je transpire à cause du changement soudain de température.

J'enlève ma veste et mes chaussures, Harper fait de même.

Nous passons devant la cuisine, et je m'arrête quand j'entends la voix de Nova et que j'aperçois l'arrière de la tête de Moreno alors que nous nous dirigeons dans leur direction. Ils se tiennent à quelques portes de là, et je tire Harper avec moi dans la salle de bain ouverte, ne voulant pas les interrompre.

Je place un doigt sur mes lèvres pour lui indiquer de rester silencieuse et immobile.

— Depuis quand es-tu dans le business de kidnapper des enfants ? demande Nova en fusillant son père du regard.

# QUATORZE

NOVA

Il est impossible de vivre sous le toit de la mafia
sans avoir une idée de ce qui se passe. Il faudrait être
complètement stupide.

J'ai vécu dans cette même maison toute ma vie, ou
du moins aussi loin que remontent mes souvenirs.

Ma mère est morte quand j'étais enfant, les
souvenirs sont encore vivaces, mais avec des flashs de
sang qui brouillent les frontières de la réalité
enveloppée dans le traumatisme.

Des années de thérapie quand j'étais petite m'ont
aidée à démêler une partie de tout ça, mais bien sûr, la
thérapeute n'était pas une psy ordinaire.

Elle travaillait pour mon père, Moreno Ricci.

La confiance est une de ces choses qui, une fois
qu'elle commence à s'effriter, ne peut jamais être
parfaitement entière à nouveau. Et bien que je fasse

confiance à mon père, je ne lui fais pas implicitement confiance.

Je sais qu'il fait de mauvaises choses.

Ce n'est pas un homme bon, mais il a été bon avec moi.

Il a fait entrer Paige dans ma vie ; ma belle-mère, qui m'a aidée à traverser les pertes et m'a fait réaliser que mon père n'est pas un monstre, c'est juste un homme.

Ce qui me rend plus facile de lui tenir tête, même si c'est imprudent et stupide.

— Je n'arrive pas à y croire !

Je fulmine et gronde presque contre lui.

Je me suis assurée que personne d'autre n'était autour avant de commencer mon propre interrogatoire.

Il se tient là à me fixer en attendant que j'élabore.

— Tu ressembles tellement à ta mère, dit-il, son ton doux, mais cela touche une corde sensible en moi, et je soupçonne que c'est également le cas pour lui.

Je ne demande pas s'il fait référence à ma belle-mère Paige ou à ma mère biologique, dont je me souviens à peine. Les seuls souvenirs que je garde d'elle sont les souvenirs macabres de son meurtre.

— Ce n'est pas juste, dis-je.

Il essaie de me désarmer émotionnellement. Je ne suis pas une gamine qui court dans tous les sens avec la tête dans les nuages.

Je vois ce qui se passe, et j'en sais bien plus que ce

que je laisse paraître. J'ai aussi appris que le silence me garde hors des ennuis. Une des raisons pour lesquelles j'étais muette quand j'étais petite. Si je ne pouvais rien dire, je ne pouvais pas être blessée.

Du moins, j'ai fortement cru à cela jusqu'à ce que je réalise que mon père ferait n'importe quoi pour me protéger, pour protéger la famille.

Papa travaille pour Dante. Il prend des ordres, obéit toujours ; c'est ce qui fait de lui un excellent second. Et si quelque chose arrivait à Dante, Papa remplirait probablement ce rôle.

Ce qui serait bien. Je ne souhaite pas que Dante passe l'arme à gauche, mais je n'ai aucun manque de respect pour mon père non plus. Je sais qui il est. Je l'ai appris très jeune, si jeune que je ne me souviens pas de comment c'était avant.

Pour moi, il a toujours fait partie de la mafia, avant même que je sache ce qu'était la mafia ou ce qu'elle signifiait.

Papa me regarde avec des yeux curieux, mais il ne dit rien. Il attend que je parle ou que je m'en aille. Je suis sûre qu'il prie silencieusement pour que je m'en aille, mais ce n'est pas la fille que Paige a élevée.

— Depuis quand es-tu dans le business de kidnapper des enfants ?

C'est comme si de la vapeur émanait de mon corps, et je ne peux pas m'empêcher d'exiger une réponse.

Ses yeux m'avertissent de me taire, mais je ne peux

pas simplement reculer quand j'ai entendu qu'un petit garçon était retenu contre sa volonté.

— Nova.

Son ton est tout ce dont il a besoin avec l'utilisation de mon nom, et il me dit de reculer.

Non, je ne reculerai pas.

J'ouvre la bouche, mais il m'attrape par le bras et me traîne dans la cave.

— Oh, putain non, dis-je en essayant de me libérer. C'est quoi ce bordel ?

Je n'arrive pas à croire que mon propre père me trahirait.

— Tais-toi, ou tu nous feras tuer tous les deux, dit-il entre ses dents.

Nous nous attardons dans les escaliers et il descend furtivement, s'assurant qu'il n'y a pas de gardes dans le sous-sol. Il n'y en a pas besoin avec la cellule de prison bien verrouillée.

Mes yeux s'écarquillent quand je vois l'enfant, et mon cœur souffre physiquement pour lui.

— Tu es un putain de monstre !

— Surveille ton langage !

Papa n'est pas content de mes mots, et franchement, je ne suis pas du tout satisfaite de ses actions.

— Tu t'inquiètes pour mon langage ? Comment as-tu pu kidnapper un enfant ?

Je fais un geste vers le garçon dans le sous-sol.

— Ce n'est pas vraiment un enlèvement à proprement parler.

— Tu essaies de justifier ce que tu as fait ?

Je n'arrive pas à le croire. Je me dégage de son emprise, ne lui faisant plus confiance pour ne pas m'enfermer derrière les barreaux à mon tour. Pour en savoir trop, pour avoir dit quelque chose, pour lui avoir désobéi, les raisons sont infinies.

Il est dans la mafia, et je ne suis que la fille du second.

Je ne suis personne pour eux, mais je suppose que s'il m'arrivait quelque chose, Paige ne lui pardonnerait jamais. C'est le seul avantage que j'ai. Ma belle-mère m'aime autant qu'elle l'aime lui.

— Je n'ai pas de comptes à te rendre, dit Papa.

— S'il vous plaît, aidez-moi.

Le petit garçon derrière les barreaux s'avance dans la lumière.

L'endroit est faiblement éclairé, mais on voit clairement qu'il porte encore son pyjama.

— Tu l'as enlevé de son lit ?

Je suis consternée et dégoûtée.

— Nous protégeons simplement la famille, dit Papa.

Il ne bronche pas, mais je connais mon père. Il ne ferait jamais de mal à un enfant, mais il exercerait sa vengeance pour un enfant qui a été blessé. Je regarde le petit garçon, me demandant si quelqu'un lui a fait du mal, mais si c'était le cas, pourquoi Dante aurait-il ordonné que l'enfant soit retiré de sa maison et enfermé dans une cage ?

— Bien sûr, parce que ce gamin représente une véritable menace pour les fondations de votre organisation.

— Son père est une menace, Nova, et c'est tout ce que tu as besoin de savoir.

— Explique-moi comment, dis-je en le fixant, le suppliant de m'aider. Tu ne peux pas juste laisser le gamin ici pour toujours, et quel est ton plan après avoir... quoi, éliminé son père ?

— Je ne te dois aucune explication.

— Tu m'en dois pour la mort de Maman.

Je le regarde froidement.

Ses yeux s'embrument de colère ou de tristesse ; je n'en suis pas vraiment sûre.

— Ça suffit, Nova. Sache simplement que nous faisons ce qui est nécessaire pour protéger *des enfants*.

Il y a une telle certitude dans sa voix, il est convaincu de faire ce qui est juste.

— Quand est-ce qu'il va être libéré ? Tu ne peux pas le garder enfermé, et je te jure que si tu as la moindre intention de toucher à un cheveu de cet enfant—

Papa me sourit.

— Qu'est-ce que tu vas faire ?

Il penche la tête, amusé par mes menaces.

— Je n'aurais jamais pensé dire ça, mais tu pourrais vraiment rejoindre l'entreprise familiale un jour.

Je ricane à sa suggestion.

— Plutôt mourir.

— Ne sois pas si mélodramatique, Nova, tu serais en fait ravie de notre mission.

— Kidnapper un enfant ?

Je secoue la tête et m'approche de la cellule, puis je m'adresse au petit en ignorant mon propre père.

— Ça va ? Tu as besoin de nourriture, d'eau, d'une couverture ?

— Il va bien, me crie Papa.

Le petit garçon hausse les épaules.

— Comment tu t'appelles ?

La voix de Papa résonne dans la cave.

— Dis-lui, et je te tuerai moi-même.

L'enfant recule dans le coin de la cellule.

— Tu es un monstre.

Je grogne vers mon père et je commence à monter les escaliers en trombe.

Il m'attrape par le bras et me ramène en arrière alors que je n'ai gravi que deux marches.

— Et tu vas nous faire tuer tous les deux s'ils apprennent que je t'ai dit quoi que ce soit. Tu as un désir de mort ?

— Je n'ai pas peur de mourir, dis-je, le regardant froidement dans les yeux. J'ai cessé d'avoir peur quand j'ai vu mes proches mourir devant moi.

Il expire brusquement.

— Je suis désolé que tu aies été témoin de ça, Nova.

Papa s'approche, sa main tendue pour me toucher,

et je recule pour rester hors de sa portée. Ce n'est pas que je croirais normalement qu'il pourrait me faire du mal, c'est qu'il a un enfant emprisonné, et je commence à me demander si je connais vraiment mon père.

# QUINZE

NIKKI

Le déjeuner s'est passé aussi bien qu'on aurait pu l'espérer. Je suis un peu soulagée que nous ayons fini par annuler notre rendez-vous au spa de l'après-midi, car je ne pense pas que Harper et moi aurions pu supporter quelques heures supplémentaires ensemble.

— Te voilà rentrée, chaton, dit Dante en m'accueillant dès que je franchis la porte.

Ses mains me parcourent, son souffle me chatouille le cou, et j'ai l'impression que plus je suis absente, plus cet homme a besoin de ma présence.

Il m'aide à retirer mon manteau, et j'enlève mes chaussures avant de le suivre dans le couloir jusqu'à son bureau.

Dante a son bras enroulé autour de ma taille lorsqu'il m'entraîne dans son refuge privé et me pousse contre la porte, qu'il a claquée derrière nous. Sa bouche est soudée à la mienne, sa langue écarte mes lèvres, et je me laisse faire volontiers.

Près de vingt ans ensemble, et cet homme me fait toujours trembler. Ses lèvres parsèment ma peau, descendent le long de mon cou, et je sens une chaleur envahir mon corps.

— Dante, dis-je dans un murmure, à moitié incohérente alors que j'essaye de me concentrer sur la raison pour laquelle nous sommes réellement dans son bureau.

Ça n'a rien à voir avec le sexe, mais d'une manière ou d'une autre, nous l'oublions toujours quand nous sommes seuls tous les deux. C'est surprenant que nous n'ayons eu que Luca et pas une douzaine d'enfants, mais je suis reconnaissante pour celui que j'ai.

— Dis-moi tout.

Dante fait descendre ses baisers le long de ma poitrine, et mes doigts s'emmêlent dans ses cheveux noirs et épais tandis que je ramène son visage vers le mien.

— Elle ne trahira pas la famille, dis-je, certaine d'avoir passé assez de temps avec elle pour connaître la vérité.

— Tu es sûre ? demande Dante, les sourcils froncés tandis qu'il s'éloigne de notre échange passionné de baisers.

— Elle est tiraillée, c'est évident, mais elle ne mentionnera pas ce qu'elle a vu hier soir ni le garçon, et je lui ai donné l'occasion de me le dire en privé. Tu ne dois pas toucher à un seul de ses cheveux.

C'est un avertissement.

Un sourire en coin traverse son visage. C'est rare de le voir sourire, mais j'adore quand il baisse sa garde pour me laisser entrer.

— Tu me donnes des ordres, chaton ?

— Je te dis que si tu lui fais du mal, notre fils ne te le pardonnera jamais.

Dante recule et croise les bras sur sa poitrine. Il croise les jambes en s'appuyant contre le bureau, considérant mes paroles.

— Il y a d'autres filles.

— Je n'ai pas parlé seule à seul avec Luca, mais je soupçonne qu'il l'aime, et c'est évident qu'elle tient profondément à lui. Tu as entendu ces deux-là hier soir...

Dante rit.

— Qui ne les a pas entendus ? Mais le sexe n'est que ça, toi et moi, nous baisions bien avant de tomber amoureux. Il trouvera une autre fille si je décide de donner l'ordre.

— Tu donnes cet ordre, et tu devras aussi choisir une nouvelle épouse.

Le regard de Dante se durcit, et il s'approche de moi à nouveau.

— Tu me menaces, chaton ?

— Je te rappelle que tu as déjà failli perdre ton fils

une fois. Si tu ordonnes ce meurtre, tu le perdras pour toujours.

Il laisse échapper un léger soupir et se détourne. Il réfléchit à ses mots, ou peut-être à ses actions.

— Tu crois vraiment qu'on peut faire confiance à Harper ?

Il se dirige vers son bureau et ouvre un dossier qui l'attend.

Décidant de retourner la situation contre lui, je lui demande :

— Tu me faisais confiance quand nous nous sommes rencontrés ?

Il sourit narquoisement alors qu'il fixe les pages et examine chacune d'elles attentivement tout en me parlant.

— Je savais qui tu étais dès que j'ai posé les yeux sur toi, chaton. Pourquoi crois-tu que j'aie choisi le nom de Daniel ?

Je m'approche de son bureau, je lui frappe le bras et je lève les yeux au ciel.

— Tu m'as baisée pour atteindre mon père.

J'ai toujours soupçonné que c'était le cas, mais je ne l'ai jamais entendu verbaliser la vérité. J'aimerais lui en vouloir, mais je ne peux honnêtement pas détester l'homme que j'ai épousé.

Il m'a sauvé la vie, m'a protégée et m'a aidée à élever notre fils.

Luca ne pardonnera peut-être pas à Dante tout ce

qu'il a fait, mais c'est un bon père. Gino, mon paternel, a été bien pire avec moi.

— Je dois admettre que, même si tu détestes Harper, elle a essayé de sauver ce petit garçon, Rylan.

Il y a pas mal de ténacité en elle, et Dante ne peut pas nier qu'ils sont du même côté, même si Harper et Luca ne s'en rendent pas compte.

— Je ne la déteste pas... dit Dante, mais il laisse les mots flotter dans l'air. Je ne lui fais simplement pas confiance. Elle pourrait tout détruire, nous faire tuer, ou pire, nous trahir.

Il est impossible de savoir comment elle réagira quand elle retournera sur le campus. On ne peut pas la garder indéfiniment enfermée dans notre maison. Aussi tentant que ce soit, ses amis, sa famille, tous deviendraient suspicieux.

— Tu fais confiance à mon jugement ?

— Implicitement, dit Dante en relevant les yeux du dossier.

Ses doigts s'emmêlent dans mes cheveux tandis qu'il rapproche mes lèvres des siennes.

— Je t'ai toujours fait confiance ; c'est toi qui ne m'as pas toujours fait confiance, me rappelle-t-il.

— C'était il y a longtemps, dis-je, quand nous nous sommes rencontrés.

Je souris contre ses lèvres et m'écarte.

— Ce que tu fais avec Rylan, c'est noble mais mal avisé.

— Je ne t'ai pas demandé ton avis... dit-il en me fixant, mais il n'est pas en colère.

J'ai vu son regard furieux, et ce n'est rien comparé à celui qu'il a maintenant. Son regard est plus brûlant de désir que de colère.

— Tu l'as amené chez nous, sous notre toit. Tu as juré que tu ne serais jamais impliqué dans des violences contre des enfants ou leur trafic.

— Je ne le suis pas !

Il semble exaspéré.

— Tu crois que j'ai une autre option ? J'ai ordonné un contrat sur son père, l'homme qui fait *réellement* du trafic d'enfants, responsable du viol de dizaines de filles mineures, des enfants. Je suis désolé si son fils s'est retrouvé mêlé à tout ça, mais sa famille et sa maison vont être rasées, et la seule façon de garantir que l'enfant soit en sécurité était de l'amener ici.

Je presse mes lèvres l'une contre l'autre, attristée que ce soit la seule option.

— Ce garçon grandira un jour pour devenir un homme, et il nous détestera, dis-je, prévenant Dante du danger qu'il fait courir à notre famille, qu'il le veuille ou non.

Il s'écarte de moi, les yeux brûlants. Il a à peine dormi la nuit dernière.

Il n'est pas le seul privé de sommeil. Après que Moreno a fait irruption dans la chambre, nous a réveillés et a mis Dante au courant pendant qu'il s'habillait, je n'ai pas pu dormir.

J'étais inquiète pour mon fils, que Luca finisse par se faire tuer.

Dante n'a pas toujours la tête froide, et bien que Moreno essaie d'empêcher que les choses explosent, cette fois-ci, c'était bien pire pour tous les concernés.

— Qu'est-ce que je suis censé faire ? L'élimination est prévue pour demain soir. Je ne peux pas simplement ramener le garçon chez lui. Il sera tué avec eux.

— Et quel est ton plan après la mort de sa famille ?

Parfois, je me demande si Dante réfléchit vraiment à la logistique de ses actions. Je l'aime, mais son entêtement l'empêche parfois de protéger sa famille.

— J'allais faire en sorte qu'il trouve son chemin jusqu'à la police.

— Bien sûr, pour qu'il puisse t'identifier, ainsi que nos hommes, notre maison ?

Je n'avale pas son histoire.

— Dante, qu'est-ce que tu comptais faire exactement avec Rylan ?

— J'allais l'élever comme notre propre fils. Leur faire croire qu'il est mort dans l'explosion. Les restes seront non identifiables. Ils supposeront qu'il a péri. Avec le temps, il oubliera son passé, sa famille, tout ça.

— Ce n'est pas un bébé. Il se souviendra de sa famille, de la prison, de la peur que tu lui as inspirée. Tu crois vraiment qu'il grandira comme notre fils ? Ce que tu suggères est complètement insensé. Il pourrait avoir d'autres membres de sa famille, des grands-parents, une tante ou un oncle.

— J'ai déjà vérifié. Il n'y a personne d'autre. Il finira en famille d'accueil. Tu l'as dit toi-même, Nikki. On ne peut pas le laisser conduire la police à notre maison. Il a vu nos visages, ce qui nous laisse les seules options viables, soit il nous appartient, soit on le tue.

— Putain, Dante ! On ne va pas tuer un enfant.

— Alors je suppose que c'est réglé. Il sera notre fils. Je lève les bras au ciel.

— Tu ne peux pas simplement décréter ça et le voir devenir réalité.

Je me souviens du traumatisme de Nova, comment elle est restée muette, et combien de temps il a fallu pour qu'elle nous fasse confiance à nouveau.

— D'ailleurs, il nous voit comme ses ravisseurs. Que se passe-t-il ensuite ? Tu le libères tout à coup et tu le sauves ?

— Non, ce sera toi, me dit Dante. Tu vas l'élever, tu vas lui faire comprendre qu'il ne doit pas avoir peur de nous, et avec le temps, il oubliera ce qui s'est passé dans la cave.

— Tu te trompes. Il n'oubliera pas. Tu ne peux pas simplement effacer ses souvenirs.

— Dis-moi ce que tu ferais, dit Dante.

Ses doigts s'avancent pour repousser les cheveux de mon visage.

— Si tu étais chef, comment gérerais-tu cette petite situation ?

— J'aurais commencé par ne pas le mettre dans la cave !

Dante grimace, réalisant peut-être son erreur.

— Il ne devait voir que Caden.

Une seule responsabilité aurait pu être facilement effacée.

— Harper a tout foutu en l'air quand elle est descendue dans cette cave. Que ferais-tu *maintenant* ? demande-t-il.

— Blâmer Harper a été ta première erreur. *Tu* aurais dû rester loin de cette cave et laisser seulement Caden et quiconque l'a recapturé descendre. Tu étais trop occupé à t'inquiéter de l'implication de ton fils et de la fille qui lui plaît, pour réfléchir clairement, dis-je.

— Si tu étais quelqu'un d'autre, je te tuerais pour m'avoir parlé ainsi, ricane Dante.

— Eh bien, tu as demandé, dis-je, pas le moins du monde effrayée par mon mari.

J'ai vécu avec lui assez longtemps pour différencier ses bonnes humeurs des mauvaises. Il est mécontent mais pas prêt à commettre un meurtre.

— J'ai demandé ce que tu ferais maintenant, pas ce que j'ai fait de mal, dit-il.

Il souffle et me tourne le dos, reportant son attention sur le dossier sur son bureau, rempli de pages sur Harper McKenna. Tout, depuis ses comptes sur les réseaux sociaux, ses publications, ses textos, ses emails, ses dossiers médicaux et hospitaliers. C'est plus qu'une simple vérification d'antécédents typique.

Je fais une pause pour considérer toutes les options et variables.

— Je monterais Rylan à l'étage, l'assiérais devant la télévision et le laisserais regarder les informations. Qu'il voie quand l'explosion fera les nouvelles, et qu'il réalise que sa famille et tous ceux qu'il connaît sont morts.

— C'est cruel, murmure Dante en inclinant la tête vers moi. Tu as vraiment du sang mafieux en toi.

— Je ne le suggère pas pour être cruelle, seulement pour qu'il réalise qu'il n'a nulle part où aller, et que nous l'avons sauvé.

— Il nous blâmera, dit-il.

Dante a raison. Rylan nous blâmera, mais peut-être que nous méritons ce blâme. Nous ne sommes pas innocents dans tout ça, et je ne prétends pas être une sainte.

— Il y a toujours Rhys, dis-je, mes lèvres pincées alors que je considère les implications de ce que je suis sur le point de suggérer. Rhys et Rylan ne se sont pas rencontrés. Tu as ordonné à Rhys de rester à l'extérieur de la porte de Nova hier soir, n'est-ce pas ?

— Rhys protège toujours Nova, dit Dante. Il est pratiquement son garde du corps personnel.

— Précisément. Il est bon avec les enfants. Il sait comment les protéger, et nous pourrions mettre en scène une évasion où Rhys sauve Rylan. Ensuite, il l'emmène dans un motel miteux, et ils peuvent être témoins de la destruction de sa famille aux informations. À ce moment-là, il fera confiance à Rhys, et tu pourras leur donner à tous les deux de nouvelles identités.

Il se frotte la mâchoire en considérant ma suggestion.

— Ce n'est pas mal, sauf que Rhys ne sera pas ravi de cette nouvelle mission. Père à plein temps d'un enfant qui n'est pas le sien ?

— Augmente son salaire et envoie-les tous les deux aux Caïmans ou au Costa Rica. Laisse Rhys prendre une retraite anticipée quand il aura fini d'élever Rylan. Rhys fera tout ce que tu lui demandes, dis-je. C'est un bon soldat.

— C'est beaucoup demander, dit Dante, réalisant le poids de ce qu'il a fait, mais je pense que ça pourrait marcher.

Son attention revient une fois de plus au dossier, qui est maintenant étalé sur son bureau.

Je jette un coup d'œil par-dessus son épaule pour examiner les informations devant nous.

*Harper McKenna.*

Il a fait une vérification des antécédents de la fille, ce n'est pas vraiment un choc.

Je me perche sur le bord du bureau et je lui demande :

— Quelque chose d'intéressant ?

— Oui, dit-il en glissant son doigt sur la partie surlignée qu'il veut que je lise.

Ma respiration se bloque dans ma gorge tandis que nos regards se croisent.

Il semble que Harper garde un secret bien à elle.

# SEIZE

HARPER

Je ne veux pas dîner avec les parents de Luca, mais il semble que je n'ai pas le choix.

— Tout ira bien, sois juste toi-même, me chuchote Luca tandis que je descends mon sac.

Après le dîner, Luca prévoit de nous ramener sur le campus.

Ashton est rentré sur le campus en bus. Il a clairement fait comprendre qu'il ne voulait pas faire partie du dîner de ce soir, mais je pense que c'était plutôt Luca qui lui a dit de ficher le camp.

La tension entre Ashton et Luca ne cesse de monter depuis hier soir, et je ne pense pas qu'elle disparaîtra de sitôt.

Je serai soulagée de rentrer chez moi, mais pas sans cicatrices ni cauchemars. Et il y a peu que je puisse faire pour l'enfant caché dans leur sous-sol. J'ai besoin d'un plan, un qui ne me fasse pas prendre, et c'est impossible avec le nombre de gardes présents jour et nuit.

Quant aux fiançailles, je n'ai pas encore contacté mes parents. Je le ferai la semaine prochaine quand je devrai les inviter chez les Ricci pour dîner.

Je ne peux m'empêcher de me demander s'il existe une issue à ce pétrin, mais je n'en vois aucune pour l'instant. Est-ce que je vais vraiment épouser Luca Ricci ?

— Viens, dit Luca en prenant ma main pour me guider vers la salle à manger où nous allons dîner avec ses parents.

Je suis soulagée de voir Nova nous rejoindre à table, mais Moreno et Paige sont également présents, et j'espère qu'ils pourront être une distraction plus importante ce soir.

— Quand tu as parlé de dîner de famille...

Ma voix s'éteint.

— Nous sommes tous de la famille ici, dit Moreno, autant t'y habituer.

Je soupire tandis que je me dirige vers l'une des chaises vides à table, que Luca tire pour que je m'asseye. Au moins, nous sommes assis ensemble. Il me serre la main avant de la relâcher pour atteindre son verre d'eau.

— Nous allons passer les formalités, dit Nikki, son regard entièrement fixé sur moi. Je suis parfaitement consciente de la situation et du fait que tu épouses mon fils pour obtenir une protection au lieu de la mort.

Ses mots me blessent profondément et me prennent par surprise.

— Maman ! s'exclame Luca, les yeux écarquillés d'incrédulité.

— Je suis simplement honnête, ce qui est important, tu ne trouves pas, ma chère ? dit Nikki en me fixant.

J'acquiesce lentement.

— Oui, l'honnêteté est importante, dis-je.

Mais je pensais qu'ils ne voulaient pas que je sois honnête ; ils voulaient que je cache la vérité sur ce que j'ai vu dans le sous-sol. N'est-ce pas parler honnêtement qui devait me faire tuer ?

— Bien, dit Nikki, et ses yeux brillent, mais il n'y a pas vraiment de sourire sur son visage. Je suis si contente que nous soyons sur la même longueur d'onde.

Elle rit doucement et regarde Paige.

— En tant que ta famille, nous attendons une transparence totale, n'est-ce pas ?

— Maman ? intervient Luca. Qu'est-ce que tu fais ?

Elle lève un doigt pour indiquer qu'elle n'a pas terminé. J'en profite pour répondre :

— Oui, je comprends. Une transparence totale avec votre famille. Garder ma bouche fermée en dehors de la famille.

— Bien. Maintenant, y a-t-il quelque chose que tu aimerais nous dire ou dire à Luca ? demande Nikki.

Je pensais apprécier Nikki, mais la façon dont elle me fixe, comme si elle attendait quelque chose – je ne suis pas sûre de quoi – me fait réaliser qu'elle est aussi rusée que son mari.

— Je ne crois pas, dis-je en regardant Luca. Tu sais ce qui se passe ?

Il secoue la tête pour dire non.

L'enfant s'est-il échappé ? Est-ce la raison de cet interrogatoire ? Croient-ils que j'aie quelque chose à voir avec ça ?

Dante fronce les sourcils.

— Je suis déçu de toi, Harper. J'avais de grands espoirs que cet arrangement de mariage fonctionne, mais si tu n'es pas honnête, tu vas découvrir très rapidement comment nous distribuons les punitions.

Mes mains tremblent.

— Je jure que je ne sais pas de quoi vous parlez.

Dante récupère un dossier qui était posé sur ses genoux, caché sous la table. Il ouvre le dossier, dont le contenu me fixe droit dans les yeux.

L'air s'échappe de mes poumons.

Personne n'était censé savoir.

— Tu as omis de mentionner que tu avais un fils.

**À suivre.**

**L'histoire continue dans *Entre glace et serments* (Série *Glace rouge sang* – Tome deux).**

# A PROPOS DE L'AUTEUR

Willow Fox aime écrire depuis qu'elle est au lycée (il y a bien longtemps). Ses romances de petite ville reflètent la vie dans une petite ville de l'Amérique rurale.

Qu'elle écrive des romances ou qu'elle s'assoie près d'un feu de camp pour lire un bon livre, Willow aime la magie des mots écrits.

Elle rêve d'être transportée et espère le faire pour ses lecteurs !

Visitez son site Web à l'adresse suivante :
https://authorwillowfox.com

## AUSSI PAR WILLOW FOX

Aigle Tactique
Révélation : Jaxson
Furtif : Mason
Dissimuler : Lincoln
Clandestine : Jayden

Mariages Mafieux
Vœu Secret
Vœu Captif
Vœu Sauvage
Vœu Non Consenti
Vœu Impitoyable

Frères Bratva
Boss Brutal
Boss Vicieux
Boss Possessif

Boss Obsessif
Boss Dangereux

Père, célibataire et autoritaire
Le Milliardaire Grincheux
Grincheux des montagnes
Le Célibataire Grincheux

Ice Dragons Hockey Romance
Faux-semblants avec le Milliardaire
Défier le Joueur de Hockey
Faire Arrêter Le Joueur De Hockey

Glace rouge sang
Entre lames et sang
Entre glace et serments